1/ 32

印刷

愿世间所有遇见都恰到好处

锦瑟 著

北方文艺出版社

图书在版编目（CIP）数据

愿世间所有遇见都恰到好处 / 锦瑟著 . -- 哈尔滨：北方文艺出版社，2020.9
ISBN 978-7-5317-4821-2

Ⅰ . ①愿… Ⅱ . ①锦… Ⅲ . ①散文集－中国－当代 Ⅳ . ① I267

中国版本图书馆 CIP 数据核字（2020）第 101037 号

愿世间所有遇见都恰到好处
Yuan Shijian Suoyou Yujian Dou Qiadao Haochu

作　者 / 锦　瑟
责任编辑 / 路　嵩
封面设计 / 米　乐

出版发行 / 北方文艺出版社
邮　编 / 150090
发行电话 /（0451）86825533
经　销 / 新华书店
地　址 / 哈尔滨市南岗区宣庆小区 1 号楼
网　址 / www.bfwy.com

印　刷 / 三河市人民印务有限公司
开　本 / 880mm × 1230mm
字　数 / 100 千
印　张 / 8.5
版　次 / 2020 年 9 月第 1 版
印　次 / 2020 年 9 月第 1 次印刷

书　号 / ISBN 978-7-5317-4821-2
定　价 / 42.00 元

目　录

contents

第一章　做自己的守护神

第二章 请珍视每一场难得的遇见

第三章 我们要学会相忘于江湖

第四章　少年与爱永不老去

第一章

做自己的守护神

那些仪式感里的小确幸

1

今天，我把宝宝的书包、秋冬外套、鞋子、小雨伞，都一一摆出来，整理、清洗、晾晒，然后和着太阳的香味，集中收在一处。原先的水杯，因搬家丢失，得重买；原先的小毛巾和小被子，已经不合用，也得重买。列好清单，下午去了超市一并采购了回来。

记忆中我的孩提时代，每到开学季，我的父母也会这般认认真真地准备一番。当稻谷收毕、秧苗插完，当暑气渐退、夜冷天凉，我知道，我得重新回到课堂了。看着爸妈进进出出，拾掇这个，清理那个，颇觉得隆重又庄严。那种隆重庄严，其实就是一种仪式感。这个仪式告诉你：知了还在叫，但你捕捞的网兜该放下了，该去做另一件更重要的事情了。

是的，某种程度上，仪式感是用来提醒我们：一个全新的状态要开启了。

类似于结婚典礼、领导人就职演说、电影首映式、高考动员大会等等。仪式越庄严、越正式，仪式感就越强烈，就越能促使人们更加认真、严肃地对待所做的事情。

2

《北京遇上西雅图》中有这么一段话，曾让无数人感动：他也许不会带我去坐游艇吃法国餐，但是他可以每天早晨都为我跑几条街去买我最爱吃的豆浆油条。

可见，仪式感与金钱无关，与权力无关，更加和地位无关，它是关乎内心深处的爱。

这种爱我亲身经历过，它来自我的爷爷。

爷爷和奶奶有 6 个孩子，长大后，因种种际遇、身份、职业的不同，连带着，安家落户也不可能全窝在爷爷身边。

于是每到快要过年的时候，爷爷就开始张罗了，期盼着全家上下回家团聚的光景。

先是一一打电话给叔叔伯伯们，问放假时间，问是否回来过年。多半情况下，叔叔伯伯们都会妥协于爷爷的坚持。

接着是备菜、囤柴火，将屋子里里外外打扫干净，辗转腾挪，把有限的空间开辟出来，安放床铺。“衣食住行”中的“食”和“住”，每个细节他都亲自去做。

最不能忘记的是 2006 年春节——那时他已病重，卧床不起，时日无多。大年三十晚上，爷爷前所未见地精神矍铄。他与我们这些孙辈围炉而坐，问问这个考了多少分，问问那个还尿不尿床，当跨年的钟声敲响，他拿出红包，一人一个……

炉火又暖又亮，我们笑着闹着，大人们麻将桌上的叫好声一阵又一阵，电视机里的晚会吵闹又喜庆，一派祥和安定。

我不想说物极必反，乐极生悲。但事实是，春节过完（我们那里认为正月十五即为春节结束），爷爷走了。关于过年、跨年夜的记忆，于我，大概此生再也没有办法感受像那晚一样的深刻和温暖了。

年少时不懂得，有所经历后才醒悟，爷爷的坚持，就是一种仪式感。

他用发自内心的对生活的热爱，告诉大家庭里的每个成员，他爱着我们，在一粥一饭，在日出黄昏。

3

若说，爱是分分秒秒、日日夜夜；爱是春夏秋冬、四季轮回；爱是永恒久远、生生世世。那么，有没有那么一个时刻，是有区别的，今天区别于昨天，这一秒区别于上一秒？有没有呢？

若有，这区别，就是感官的强化，是仪式感的塑造。

《小王子》里，狐狸对小王子说：“你最好在相同的时间来。你定在下午四点钟来，那么到了三点钟，我就开始很高兴。时间越临近，我就越高兴。等到了四点，我就很焦躁，会坐立不安，我就会发现幸福的代价。但是，如果你随便什么时候来，我就不知道在什么时候该期待你的到来，我们需要仪式。”

原来，不经辗转难眠的等待、度日如年的思念，就不会有金风玉露的相逢、云开月明的豁然。原来，我若辛勤播种，收获的那一刻，就充满仪式感。

那么你有没有，让平淡的日子过得不平淡一点？让仪式感，镶嵌着点缀着生活？

决定好好爱一个女孩时，是不是真诚告白，郑重牵手？好让她知道，自这一刻起，过去的已过去，大家的身份责任要重新开篇；结束一份工作时，是不是完美交接，然后安排一个饭局来话别？好让老东家知道，不再合作不意味着要相互拉扯，无论聚散，还是要说声谢谢。

清晨精致的早餐、午后慵懒的咖啡、晚间舒适的香氛浴，甚至结婚纪念日的鲜花、红酒等等，都可以把生活点缀得更美。

王小波说："一个人只拥有此生此世是不够的，他还应该拥有诗意的世界。"而我想，仪式感，就是去到诗意世界的桥梁。

最后，愿你我，仪式感十足，幸福感十足。

敬，这时光的沙漏

1

逛商场时，我在礼品专柜看到了沙漏，它们被摆在木质货架上，整整齐齐的三排，瓶身妖娆、颜色丰富，看起来风情无限。

我拿起来把玩。颠过来、倒过去之间，瓶内的水珠或者沙子，就细细缓缓地穿越那狭窄的缝隙，流向另一端。

瓶口处，有标注时间的刻度，三分钟、五分钟、十分钟……，这些数字的存在，无不是在指向一个众人皆知的事实：时间，是可以被计量的，在诸如“千金一刻”“时不我待”等等词语把它形容得宝贵而华美的背后。

2

自去年因家事辞职到现在，赋闲在家已经有将近一年的时间了。这一年里的大多数日子，我活得寡淡而漠然，少数时间里，则被文字撩拨着，有星星点点的兴奋和热烈。

两种情绪，交替出现，无缝切换。很难说，这样到底是好还是不好。

辞职之前，我在工作上热情似火，积极上进，运用过往血泪教训赐予我的点滴智慧争取资源、调遣他人，当然同时也被更高一级的领导管理和考核。

那种“明确知道自己要什么，并且知道应该如何做”的每一个日子都干净、简单，冲力十足。我非常喜欢。

辞职之后，我被生活逼着，很多想法都重构了。我认识到，我并没有那么强大，我也有处理不了的各种问题和矛盾：我教育不好孩子，我跟血肉至亲，也没法其乐融融地沟通；我被朋友嫌弃；我的文字没人看，我的观点被否定……

这一切，为什么都齐齐赶来？是不是要告诉我，我之前过的那些年，其实是一场春秋大梦？

我怀疑，我很怀疑。

3

我也曾经在无法安睡的夜晚，想一想自己的失落和失望，也会问问自己：我还有没有任性妄为的可能？

或许我该感谢生活，它让我看到了自己并非是无所不能、无坚不摧的。

有人说时间是女人的天敌，所以她们害怕谈及年龄。那么，如果换做一个有底气、坦然且淡然的女子，她的三十来岁，应该是什么模样呢？是略有阅历，是情场的分分合合，以及生活的鸡毛蒜皮都见识过之后，认定自己对时间的起承转合已经体悟了一二？

再多问一个问题：三十来岁，内心是该安宁，还是该激荡？

这个问题，我试着从“生活”角度作答。人终归是各有运数的，斗转星移里，大家恋爱、结婚、为人父母……运气好的，安定的日子让他们身心轻盈，你看着他们的年少轻狂一点一点褪去，不浮躁不夸张，脸上全是岁月静好。你在替他们高兴之余也会发现，从此之后，他们将不再是所谓的“有趣的人”。

而运气不好的，生活的不顺、情感的无所依，大概会渐渐长成他们身上的戾气，你会发现，他们没有神采，眼神里没有温柔和信念，也不再相信努力，不再期盼明天。

两种结局，两种不同的人生，我无意去评判，但我还是想给后一种留一丝希望：别长久陷在那些琐碎和埋怨里，别愤愤不平又心有不甘，毕竟，人生才过半局而已，好好修行，未来一定会看见曙光。

说到底，时间能给予我们的，全归于我们自己做何种选择。

4

这么说，好像有点心灵鸡汤的感觉。我们可以不做选择，不信努力，不期盼明天，那之后呢？无非是过一种拧巴的日子。

在理想和现实之间，如果没有找到一个和谐的相处模式，那就永远拧巴。前一分钟不满，这一分钟迷茫，下一分钟反省。周而复始，回转反复里，时间就扬长而去，狞笑着，头也不回。而“与生活和谐相处的模式”是指什么？我倒觉得，不一定非得是许下某个宏大的志愿，幻想美好的未来之类，也可以是“只为今朝”的一种状态。

只为今天的一切奋不顾身：若是早晨的太阳很好，那就在露天多跑步一小时；若是雨丝纷飞，那就选择室内瑜伽、静坐。上午的精力充沛，那就留给重要的事情；下午不妨去读书、打扫、会友、插花……

只为今朝，关于明天，不用多想。当然，日子是积累的，在某个平凡平静的夜晚，我们自然会发现，明天其实就是一个个“今天”组成的，未来是自然到来的，过好了今天，明天何忧何惧？

时光纷纷扰扰中，经历过无奈和眼泪，懂得了失落、失望、失败也是生活的养分，更会清醒地明白：生活是简单的，可其中，也必然有我们应付不了的复杂。

常怀感激，常记恩情之余，要认定自己才是最重要的，而那些鲜明的爱与恨，让它随风吧，无须耿耿于怀，毕竟，是它让我们成为了今天的自己，让我们知道自己在哪里。

我有多珍贵，我自己明白就好。

人间种种，世间百态

1

上周某一天，我一不小心把钥匙锁在屋子里了，于是打电话找了开锁的师傅来。

人家来了一看，立马变了脸色了，“你这不是梅花锁呀，这个我们开不了，刚刚在电话里问你是不是梅花的，你说是，我们从 XX 街过来，白跑了一趟……”

真的在电话里问过我吗？我疑心他记错，当然，也可能是我没听清他的重庆普通话，在匆忙中只顾着“嗯、是、对”地胡乱应答。

无论责任在谁，开不了就是开不了，他们只得原路返回。下楼时，我叫住年长的那个人，给他微信转了 20 块，当做他的油费。

其实这次的开锁业务，如果做成了，他们的收费额度是 50 元，在他们没有为我提供服务的前提下，我主动付了将近一半的费用，一来是因为确实很有可能是因为我的原因让人家白跑一趟，另外还因为，我看到了他们的鞋子。

下楼梯时，看到那将断未断的鞋底，看到那鞋面上的一道道横沟，我的心是提着的，我好怕它下一秒就一命呜呼、一分为二。

这世间，有华服美食，就有衣不遮体；有温香软玉，自然也有风餐露宿。你看得见或看不见的，都存在。

2

你知道年度规模最大、参与人员最多的“运动会”——春运吗？好多年，我是参与者之一。

无论是候车室、售票处，还是火车里面，都是人山人海。婴儿在哭、半大小子在闹、大人在忍耐中沉默。

纵然这么拥挤、这么堵，还是有人拿蛇皮袋装了锅碗瓢盆等等物品，背在身上，像个蜗牛一样，在这弹丸之地见缝插针地蠕动。想来，大概是结束了在外飘荡的生活，准备从此以后留守家乡那一亩三分地，不再外出。但这些东西，都是花了钱买的，扔掉可惜，只能一件不落，全部带回。

我以为会有人不满，毕竟这些东西占据了很大的空间。但所有人，都视而不见，一副理所当然的样子。

可能我们每个人或是被生活所赐，或是自戴枷锁，都有大大小小的“壳”。要在何时、何地背？背到哪里去？都是未知。而对于未知的事物，我们只能等待。

3

对一切“热”的事物，比如当红明星、高分书单、最火电影等等，我都保持观望的姿态，我总觉得，这些就像刚刚倒出的、吱吱作响的啤酒，过于“盛”，必有泡沫——当然，这可能是偏见。

但前段时间的两起热点新闻，一个“冰花男孩”，一个“博士生自杀身亡”，还是让我眼泪潸然。

这两起新闻的主角，前者是等待阳光雨露浇灌的孩童，即便面对的是暴风雪，他也能笑着面对，他的人生才刚刚开始。希望他能走出命运洼地，到达平原式的大千世界，并和这个世界对话。

后者，是学业即成的青年。十多年寒窗苦读，十多年夜灯相伴，他的人生即将起跳或者开跑，想必前路有无数风光待赏，然而，却在这将成未成时，他殒命了。时间，在某一刻永远定格，他的青春，也永远无法结束。

这人间，自尊跌落算什么，志得意满又算什么，选择怎么面对，也将决定你的命运。

4

2011年，江苏卫视有一档情感类节目，叫《人间》，讲述各种情感事件，有悬念，有戏剧冲突，收视率不错。

然而打动我的，却是节目的访谈背景：大大的落地窗外，烟波浩渺的苍穹中，繁星点点、影影绰绰。整个场景气派、宏大、温情，似乎还有那么一点警示：看，宇宙何其大，人类何其小，还有什么烦恼和忧愁，值得我们用血肉之躯培植、用光阴浇灌？

这个背景，让我记了很多年。

很多年过去，人间还是那个人间，月亮还是那个月亮，一切，变了，一切，又未曾变。

说变，是此刻的月亮，并非几年前的月亮；说未变，是这人间的哀痛，一直未缺席，一直在生长。

而我又能做什么？只能在这样静谧的夜晚，借用电视节目的名字，拼凑出这样一篇文字，让你看看，有人伤，有人痛；有人在咬牙中坚持，有人在吞泪后舔伤。

这，是真实的人间。

我也只能愿你，无论是星夜赶科考，还是辞官归故里，都有月光和小小萤火虫，照亮你一路，温暖你一程。

生活的洪流中，人人都在挣扎

1

前段时间，有一个演员在演技竞演类综艺中与另一位演员同台飙戏。

两人的表演，各方面都可圈可点，得到了吕建民、孙永焕、袁玉梅等老师的高度评价。

但其中一个演员的反应非常值得玩味，被肯定后她不是高兴，而是痛哭流涕。她说：“我来到这里，是因为我看到很多好剧本，但他们不来找我。但是我在想，我其实演得很好，我想告诉他们我演得很好，你们可以信任我。”

略微凌乱的临场陈述，反反复复只表达了一个意思：我可以的，我会努力的，能给我一个机会吗？

在聚光灯下，在舞台中央，一个成年人，一个需要时时刻刻以完美形象示人的演员，选择用“哭”来表达诉求，令人观之心酸。

原来，世道艰难、生活不易，人人都在生活的洪流中挣扎。

2

2018年拥有一个不太平静的9月，无论是网络中，还是现实里，都有伤心事和断肠人。

在峨眉山，先是有21岁女孩不顾众人劝阻，跳下万丈深渊，后有男子越过护栏，奔向山崖之下的无尽苍茫。这两人，都患有抑郁症。

在广东，风力达到14级（45米/秒）的台风“山竹”张牙舞爪登陆，史诗级灾难大片在孱弱的人类中上演：玻璃爆破、树木折断、楼房摇晃、海水倒灌……

我的某个旧友，在难以入睡的凌晨找我倾诉，他说，他母亲要做一场手术，是那种耗费十几万、做与不做区别不大的手术，而他的决定是，做。

……

疾病、自然灾害、生活挫折等等，仿佛是一只经年累月挨饿的猛兽，时时刻刻准备着，向人们张开它的獠牙。而血肉之躯的我们，何其弱小，几乎是毫无还手之力，就连竭尽全力的招架，也显得于事无补、杯水车薪。

托尔斯泰说：“人生不是一种享乐，而是一桩十分沉重的工作。”

3

有人说，不成熟人生的标志是为了梦想而壮烈牺牲，成熟人生的标志是为了梦想而坚韧活着。

所以，时势使然，我们必然到不了陶渊明“采菊东篱下，悠然见南山”的境界，但这并不妨碍我们采取拥抱的姿势，与生活和解。

我们只需要遵循各自的本性生活，在无穷的追求、失望、厌倦、痛苦中，乐此不疲，如常向前，便是恰如其分的应对了。

苏洵（苏轼之父）在发奋读书之后，才被后人列入“唐宋八大家”之内；马云创立阿里巴巴之前，经历坎坷又凄惨；亨利·福特在创建福特之前，他的前两家公司都以破产告终。

你看，尽管每一朵花的花期不同，但绽放的使命终将达战。

罗曼·罗兰说：“世界上只有一种真正的英雄主义，就是认清了生活的真相后还依然热爱它。”

木心说：“生活的最佳状态，是冷冷清清的风风火火。”

苏轼在词中写：“莫听穿林打叶声，何妨吟啸且徐行。”

愿，睡莲聪明地避开沙子，星星温柔有情，我们沐浴月光，挥别散开的乌云。

真正难做的，是小事

1

之前《奇葩说》有一期的辩题是：键盘侠是不是侠？针对这个议题，李诞简单干脆地阐明了立场：键盘侠里有侠，但键盘侠不是侠。并自曝，自己在学生时代也曾经是键盘侠，喜欢批评他人拍的电影和节目，不过，等到参加工作后，开始理解别人，并且体会到小事做起来并不轻松。

有句俗话说："三百六十行，行行出状元"，但也有句话说："没有金刚钻就别揽瓷器活"。

科技日益进步、人类逐步强大的今天，我们总以为任何事情，只要去做，就能很轻松、很简单地解决掉，却不知道，真要去做，没有一件事情是容易的。

2

早些年，人们的法律意识淡薄，再加上道德感也比较弱，一些人流量密集的场所，东西常常被偷。

为避免这种情况，我那个做服装生意的朋友在店铺的四个角落都装上了摄像头，还挂了一块“禁止偷窃”的提示牌。但效果不大，小件的饰品还是常常被顺手牵羊。

她很苦恼。本来，摄像头 + 警示牌，就是一种不太友好的“提防”，预设了人性的粗劣低下，没想到还是有人视而不见，这可有点难办了。

经过一番思考，她把店内的牌子摘了，拿到店铺入口处挂上，把上面的提示改成了“亲，欢迎进入本店摄像区域，请保持微笑哦”，后面附加一个大大的笑脸。

没想到这样的方法，竟然真的有用，每个推门而入进店购物的人，在看到那个提示的瞬间，脸上都会自然而然浮起笑容，接下来的整个购物过程愉快又温馨。重要的是，失窃率降低了很多，去了朋友的一块心病。

原来，一起平常的“禁偷”告示，处理起来还有这么多弯弯绕绕在里面。

摄像头当然是要装的，但提示牌就有大学问了。挂在哪里，以及上面写什么，都很重要。

挂在店内占用了空间不说，还容易被沉浸在购物兴奋中的顾客忽视，因此，挂了之后等同虚设，而那上面的文字提示，写“严禁偷窃，违者报警”“请君自重，偷一罚十”等等，意思是说清楚了，但太过简单直接，毫无人情味；一句“亲，欢迎进入本店摄像区域，请保持微笑哦，既委婉地告知顾客店内有摄像头，又非常体贴地提醒他保持美好的仪态，一举两得、和善友好，人们当然乐意接受并照做。

所有的小事，看起来虽小，但处理起来，要考虑前因后果，要完美整合方方面面的诉求，要达到利益均衡，其实是很不容易的，这里面，学问很大。

3

张爱玲的《红玫瑰与白玫瑰》中，男主人公振保对妻子烟鹂百般厌恶。

这固然是男人喜新厌旧的心理在发生作用，但烟鹂本身的一些缺点，比如乏味无趣、不善处理婆媳关系等等，也很难让人喜欢起来，何况，她还是个做事笨拙的人，分分钟就被灵巧聪慧的情人娇蕊给比了下去。

有一次，振保叫她把一对银瓶包扎起来给弟弟笃保送去。书上写：

> “她手忙脚乱掇过一张椅子，取下椅垫，立在上面，从橱顶上拿报纸，又到抽屉里找绳子，有了绳子，又不够长，包来包去，包得不成模样，把报纸也撕破了。
>
> 振保恨恨地看着，一阵风走过去夺了过来，唉了一声道：‘人笨事皆难’。”

在张爱玲的寥寥数语中，我们看到了一个“手忙脚乱、慌里慌张”的女子，她做事无先后无主次，而且手脚还笨拙。

这件事情在我们看来再简单不过：先比划一下银瓶的大小，再根据它的尺寸选择合适的包装纸和绳子，至于包装方法，以能保护银瓶不被磕碰为主。

即便是这么简单的小事，也还是有人做不好。

这就像我们现实生活中，同样是新媒体写作，有的人文采、逻辑、架构等方面都提升得很快，而有的人，一直是原地踏步，甚至连的、地、得的用法都分不清。

因为前一种人认为“文字无小事”，每个旁人认为的“小事”，他都下足了功夫去揣摩，比如话题的甄选、素材的收集、金句的积累、版面的整洁等；而后一种人恰恰相反，或是认知不够，或是惰性使然，在坚持“做自己”的路上，越走越远，而在前进的路上，越走越慢。

列宁说：“要成就一件大事业，必须从小事做起。”而我想说，“千里之行，始于足下”是放之四海皆准的铁律。

当下的每一件小事，都能构筑我们未来的路，这路上是鲜花怒放，还是泥泞不堪，取决于我们当初对待那些“小事”时的投入程度。

4

据传，华为一个北大毕业的新员工，就公司的经营战略问题，写了一封“万言书”给任正非，任正非批复：此人如果有精神病，建议送医院治疗，如果没病，建议辞退。

史玉柱在巨人公司2015年员工大会的演讲中，明确强调：公司里只有三个人可以谈战略，我、刘伟、纪学锋，其他人别谈战略。

马云说，工作不满三年的员工不要谈战略，先把战术做好再考虑战略的问题。

三段真实的职场故事，都涉及“战略”这个词语。

喜欢历史的人都知道，战略是一个整体架构，通常比较宏观；而战术是一种方法和手段，比较微观。跟打仗的道理一样，打仗要有战略，就是所谓的宏观架构，这中间有许多小的战术，有一些方法和手段。简单来说就是，战术是基础和基石，是促成并确保战略完成的充分条件。

罗马不是一天建成的，它是由无数砖瓦、无数石块等塑造的。城池也不是一场战役就可以攻克下来的，它是由一次又一次的谋定而后动、一次又一次的进攻和防守打下来的。

做不了小事的人，也做不出大事。那些微小处的壁垒，是需要我们下真功夫、下深功夫的。

与人相处，做对了这件事最划算

1

房子装修，阳台要装个洗手台。我委托设计师买来给工人安装。一周两周，甚至三周之后，洗手台还是没到位。我索性直接去了安装公司，想当面问问。

“姐，最近忙晕了，要忙……要忙……还要忙……”显然，他知道我要问洗手台的事，先发制人，一通解释。

“很忙吗？我看那金蛋（里面是奖券，有客户签约就砸掉一个），上次是20个，这次是19个，那这段时间只签约了一个客户呀，怎么个忙法？”我问他。

被拆穿，他明显有点窘了，不再说话，气氛有点僵。我思考了约一分钟，说道：“哎，我知道啦，你们的工作要求是又专又精，要细致，要具体，任何一个数据要核实了再核实，不能有一分一毫的差池，所以，慢工出细活，说的就是你们，对不对？我外行，你是专业的，你看我理解得对不对？”

他连连点头，“对，就是这样，谁说不是呢？客户一时兴起，要换风格，我不得重新整体规划？”

我也点了点头，“嗯，既然是要细致，那你得一视同仁哦，我那里，也麻烦你做细致点。”

他连连点头，忙不迭答应，说：“那是肯定的，肯定的。”两天后，洗手台到位，事情圆满解决。

本来，我是准备发火的，我不是在乎那个洗手台，我是怕这个毫不上心的工作态度影响到我的装修质量以及进度。

但我克制了，我知道，我要的只是事情得到解决。

我先是表示理解他，接着肯定他，然后提要求。而他，觉得被尊重、理解、认同，关键还有台阶下，所以，整个过程十分钟不到，解决了拖了三周的事情。虽然在大夏天一身汗地出门跑了一趟，但我觉得很划算。

可见，好好说话，把话说对，多重要。

2

在好好说话方面做得好的，有娱乐圈的黄渤。

众所周知，娱乐圈是个名利场，要生存，要发展，光是有“内功”（业务能力）远远不够，外在的“软实力”（为人处世）也特别重要，尤其是在表达方面。网上流传着各种关于他“说话”方面的机智和幽默。

有一次记者采访他，问他成为50亿影帝，会不会取代葛优，他的回答既谦虚又不失风度：“这个时代不会阻止你自己闪耀，但你也覆盖不了任何人的光辉，因为人家曾经是开天辟地，在中国电影那样的时候，人家是创时代的电影人，我们只是继续前行的一些晚辈，对这个不敢造次。”

名利场上的你争我斗，免不了有藏在暗处的攻讦、讽刺、揶揄，他用自己的机智和幽默瓦解、化解、反击，达到了保全自己、周全他人的效果。

所以你看到长得不是特别好看的他能够在这个小鲜肉当道的时代，突出重围，杀出一条血路，这，与他的语言能力不无关系。

好好说话，会说话，把话说对，效果会事半功倍。

3

前几年很火的一部电影《我不是潘金莲》，里面的丈夫秦玉和对前妻李雪莲说的一句“你以为你是李雪莲，我怎么觉得你是潘金莲呢？”彻底激怒了李雪莲，使她踏上了十年上访路。

一句龌龊言，十年上访路。深受其害的只有李雪莲一个人吗？不！同样被折磨的还有秦玉和。他再婚后，吵架、指责、谩骂如家常便饭般充斥着他的生活，直到后来他妻子精神失常，他开车坠河而死，整个闹剧才告终。

作为男人，秦玉和对曾经的枕边人如此侮辱，其心冷硬，其情凉薄，可见一斑。他本可以更理智和容忍，本可以就事论事不作他言，但他在那一刻，失心疯般地选择了暴力的语言。

民国期间的风流诗人徐志摩，在初见张幼仪照片时，撇嘴吐出了5个字：乡下土包子。这5个字让张幼仪记恨了六十多年。

女子本弱，但再弱的女子，也有“云想衣裳花想容”的娇娇女儿态。只是因为她的容颜未入对方的眼，便要被奚落和蔑视吗？我们多情的、词风艳丽的徐诗人，本可以在他词汇储存丰富的脑海里随意选取几个词来回绝跟张幼仪的相亲。他本可以不这么刻薄，但他选择了暴力的语言。

暴力的语言是什么？是钉入墙中又重新取出的钉子，触目的痕迹始终无法掩盖；是被涂鸦的白纸，密集的线条没有美感，只有被破坏的丑陋；是打碎的镜子，即使装帧华丽，仍然在揽镜自照时心有戚戚，怕它什么时候割伤自己。

4

古希腊寓言《北风与太阳》告诉我们：温和的行事方式给人温暖、安详和尊重，让他人心生欢喜、心悦诚服的同时，还能轻易地达到自己的目的。

同样地，温和的语言，从来都是一门技术，甚至说话的方式，也能体现出我们处理问题的能力：

讲了一大堆话却发现自己什么都没讲清楚时，说“谢谢你理解我”，不说“我没什么条理”；拖拖拉拉耽误了别人时间时，说“谢谢你花时间陪我”，不说“我一直拖拖拉拉的”；迟到了，说“谢谢你耐心地等我”，不说“我老是迟到”；做了一些不尽如人意的事情，没有达到对方期望时，说“谢谢你一直对我保持期待”，不说“我总是让人失望”；占用了别人时间时，说“谢谢你的欣赏”，不说“我占用了你那么多时间”；和朋友胡言乱语了一大堆之后，说“谢谢你的倾听”，不说“我只是胡言乱语”；担心别人听不懂自己的话时，问“不知道我讲清楚没有？”，不说“你明白我的意思吧？”……

我说明白了吗？所谓好好说话，就是思维正面，语气和善，且站在对方的角度，给人台阶下。

好好说话，是和风细雨，润物无声；是心有猛虎，细嗅蔷薇；是胸怀宇宙，怜惜众生；是怀揣他人，修炼自己。

好好说话，是值得终身学习的事，是划算的事。

如果可以，请选择最远的那条路

1

一个以码字、写剧本、运营公众号为日常的朋友，告诉我他要把这些事情暂停一段时间了，要去准备考研。

他说，高三荒废了，不能再把现在也荒废了，想趁着年轻追赶一下。

他是大专生，走到考研那一步，中间还必须先升本科。他告诉我他已经把资料查好了，他打算发挥自己文科的优势，专升本的时候就考文科专业，之后再准备考研。

微信上，他的语气十分笃定：考上研究生时，我才 26 岁，多好的年纪。

是啊，正是大好年华呀，广阔天地里，什么都可为。虽然未曾谋面，可我从心底为他高兴。

小小年纪，就学会了把失败看淡，把未来看清，知道什么才是长远的，什么只属于当下，这需要勇气，更需要眼界。

不可否认，趁着现在微信公众号红利的尾巴还在，他只需要写写剧本，投投稿，运营一下工作室，就会有一些真金白银的收益，这收益能支撑他去吃点好的，去旅旅游，去买点电子设备，然后呢？几年过去后，他还是要面对学历层次所带来的各种人生窘态。而这个窘态，不出意外，会伴随他的一生，因为，关键时刻没有赶上，以后的每一步，都将是千险万难。

2

最近我偶尔会关注一下自己公众号上的各种数据，然后在朋友圈自我调侃一下。

某个微信好友看了之后，找到我，和我说他的微信公众号的粉丝已经在成倍、稳步地增长了。

其实他那个是分享读书心得的号，主打组织建设和个人发展。在自媒体文盛行的今天，这个号的存在，并不讨巧，甚至有些突兀。

我想起我们刚在网络上认识的那会儿，他就是这样做的，他从以前到现在一直是如此坚持的，哪怕读者寥寥无几，哪怕投稿石沉大海，他都岿然不动，坚持每周拆解一本书，然后结合实际，解决一个问题。

说实话，这种身处喧嚣，却坚守自我的精神，一般人没有，即使有，中途也难免提前退场。而一旦坚持了呢？他告诉我，过段时间，他们公司会派他去美国学习，然后回来独立开展项目。这真是个好消息，虽然他没有明确说坚持输出与升职之间的直接联系，但其实不难想象。

他信那句“精力放在哪里，哪里就开出花”，并把这句话送给了我。

3

这个故事是我自己的。

生完孩子的第二年，我在一家制造业企业上班，岗位是会计。

在成为一名老员工之后，我发现团队对新人的引导和培训，做得很不够，这就导致那些刚刚毕业的小孩，90% 的人都熬不过一周，有的甚至无法坚持到第三天。

我结合自己刚入职时的困难期（到第三天时，其实也想过一走了之），做了一下分析。人招进来了却留不住，无非是适应不了工作以及归属 感严重缺失。

找到了原因，事情就比较好解决了。以后再有新人入职，就安排一名“老人”带领对方，让其尽快熟悉环境和制度，至于工作，我编写了一套培训方案。

说是培训教材其实也不为过，因为内容非常之翔实，大到报表如何分析，异常数据如何排查并解决，小到每天的工作哪些是必做的，哪些是可选的，截止时间是几点，做完又该和谁对接等等，都有陈述。

这些都是我晚上加班，根据自己刚入职时的各种困惑编写的，所以写出来后，实用性、指导性非常之强，即便是专业基础不太好的新人，只要尽数对照去做，成为一个合格的员工也完全没有问题。

之后，新人离职率降低，工作上手速度加快，这还不是最重要的，最重要的是，他们对我本人非常信任。这为我后来的升职，打下了坚实的基础。

所以，我信那句话：人生没有白走的路，每一步都算数。

4

我想说的是，人在某些时候，比如年少时，比如无法做选择时，比如身处“众人皆醉”的大环境时，真的不太容易认清“长远的路”与“短期的路”。总会有那么一些人，囿于原生家庭的条件、自身能力的天花板以及眼界和格局等等，很容易被困在原地，天天重复性劳动。

追求现时的收益、流量，沉迷暂时的职场安稳，一时之间的满足感和舒服度肯定是非常诱惑人、非常麻醉人的，但以后呢？

人生不长，百年而已，但你要知道的是：其实你真的可以更好一点。我不想说什么“现在不努力工作，以后努力找工作”“比你优秀的人都比你努力，你还有什么理由放弃”“十年前你父母的收入决定别人对你的态度，十年后你的收入决定别人对你父母孩子的态度”等等。

我不想说这些。这些话很正确，很励志，但在热血被这些话点燃之前，我们首先要做的，其实是输出理性认知。

别那么短视，目光长远一点，只有目标正确了，结果才会圆满。

勇于担当，是男人的顶级修养

1

2018 年 3 月 26 日，第九届中国电影金扫帚奖在北京颁奖，王宝强凭借导演的处女作《大闹天竺》，横扫最令人失望电影、最令人失望导演、最令人失望编剧三项“大奖”。

据百度，金扫帚奖是由《青年电影手册》杂志创办的一个奖项，它仿照美国的金酸梅奖，评选年度最差中国电影。

由于被评选的是“最差”，所以无论是金扫帚奖还是金酸梅奖，历来都没什么人去领奖。而此次金扫帚奖的得主王宝强，却出乎所有人意料，亲自前往现场领奖，成为该奖项自成立以来，到场的第一位一线明星。

在颁奖现场，王宝强发表了一段“获奖感言”：“我知道，这是很不光彩的一个奖项。我第一次当导演，确实欠缺经验，有很多不足的地方。第一次领这个奖，希望也是最后一次。我欠观众一声对不起。”

对不起，是我没做好，让你们失望了；对不起，下一次我争取有完美的呈现。现年三十多岁的王宝强，作为演员，已经拥有了金鹰视帝、亚太影帝、金马奖新人奖、百花奖新人奖等多个权威奖项，在电影圈和电视圈的成绩，不可谓不卓越斐然。

拥有如此成绩的一个人，却能坦然接受指责、诚恳道歉，让人感动的同时，也让人看到了他的担当：因为我在那个位置上，所以我有应尽的责任和义务，这是我分内的事。

2

在这个时时讲“格局”的年代，判断一个人是否靠谱，看看他深陷绝境时的表现，就够了。

路遥的长篇巨著《平凡的世界》里，6 岁开始干农活，13 岁辍学养家，18 岁当上生产队长的孙少安，是如此勤劳有智慧。如无意外，他是不愁没有好日子过的。

不料姐夫出事，父亲又软弱无能，他自觉地挑起了家里的担子，充当起了“顶梁柱”：除了维持这个大家庭日常生活的正常运转之外，他还帮助弟弟妹妹顺利完成学业，帮衬姐姐一家平稳度日，支持弟弟孙少平外出“闯世事”。

及至后来，他盖烧砖窑，带领村民们共同脱贫致富；他捐资助学，让下一代的精神与脑袋不再贫乏。

虽然命运给予这个男人的，是与生俱来的贫困出身，是“烂包”的家庭光景，但他没有丢盔弃甲。

其实如果他稍微退缩一点，稍微自私一点，让弟弟妹妹吃饱穿暖就行，至于以物质支持他们上学、外出闯荡，这些责任没有人强行要他担负；又或者，结婚后把小家从大家庭里分离出来，夫妻二人热火朝天干上几年，他会活得轻松很多。

但他没有。他用滚烫热辣的深情，用“打不死”的小强精神，抵抗了现实的泥泞和风雨，尽到了儿子、兄长、丈夫的责任，这一份担当，是用男儿的血肉之躯去诠释的。

3

俗话说，男儿膝下有黄金。那么所有男子，就一定是顶天立地、铁骨铮铮的吗?

电影《驴得水》中，裴魁山、铜匠、周铁男，这三个男人，用自身经历告诉了我们答案。

裴魁山，自私又现实。一开始追求张一曼时，他深情诚挚、温柔无限，甚至还帮一曼铺排学校解散之后的路。后来当所有矛盾爆发时，他选择了口不择言地宣泄，选择了用世间最恶毒的词辱骂那个曾经爱过的女子。

铜匠，黄袍加身都无法粉饰的一个小人。这是一个外表看似淳朴，内里实为小人的人，当校长有求于他时，他能一边潇洒地唱着歌儿，一边毫无敬意地享用别人走了 200 多里地打回来的水。能在一夜欢好之后，对一曼羞涩地动情；也能在特派员有求于他时，毫无怜悯、心无愧意地“阉割”一曼——夺走了她的一头秀发。

周铁男，从英雄到狗熊，只是一声枪响的距离。他是电影中唯一一个尚存男儿血性的人，开始时，他不媚俗于领导（校长），不折腰于权力（特派员），有错误就承担，有不公就反抗。后来，安保员那一枪，吓破了他的胆，他投降得很彻底，溜须拍马、阿谀逢迎齐齐上演。

当男人选择了自私、懦弱、阴暗、屈服，那他的精神内核一定是溃烂的。看他软成泥，看他化为水，“担当”二字，从何谈起？

4

著名文化学者余秋雨说：“男性的第一魅力是责任感。”

当他为人男友时，两人产生误会了，他是摔门而去，呼朋引伴玩得不亦乐乎，还是守在现场，等女朋友情绪平缓之后，再从头理一遍整个事情的经过，然后找出问题症结？

当他为人丈夫时，妻子与他的老妈有了矛盾，他是一味愚孝，一边倒地偏帮自己的妈妈，还是主动和双方沟通，力争把双方的心结解开？

当他为人下属时，工作上出了问题，他是第一时间找人背黑锅，或者找借口推卸责任，还是主动回应，并积极思考补救措施？

生活虽然是繁琐细碎的，但处处需要勇敢面对、积极解决的姿态。

一个有担当的男人，即使生活俗事沟壑纵横，也会时刻谨记“承担”二字。小事，不慌不忙去直面；家事，不偏不倚去调和；难事，当仁不让去解决；烂事，不逃不去应承。

一个男人，不主动制造冲突、问题、错误，这不算什么，难的是，当这些来了，他可以做到不逃避、不害怕、不计较，只是迎上去，把干戈化玉帛，把荆棘变坦途，保护好自己在乎的人。

这份尽最大努力和能力把不可能转变成可能的勇气，就是担当。这份担当，不是每个男人都有。

被清理的职场人，谁动了你的奶酪？

1

最近看到不少文章在写中年职场危机，文章中直指失业，而且是人到中年（34+、40+）的饭碗不保。

人到中年意味着什么？意味着活力差，稍微加班出差连轴转就受不了；意味着思维固化，跟不上知识的更新换代；意味着生活压力大，上有白发高堂，下有嗷嗷稚子，前有房贷车贷，后有养老支出教育储备。

在这个时候失去工作，无疑是雪上加霜、屋漏偏逢连夜雨。我们不禁要问一句为什么？一个 34+ 的员工，按一般情况推算，至少已经是四年本科教育、十年职场历练、五年技能沉淀，如此盛年，正是为企业发光发热、大显身手的时候，所产生的贡献也几乎是呈几何级递增的，然而，却莫名“被”离职了，为什么？

在这里暂且不讨论企业的社会责任和道义感，只讨论它为什么要放弃年富力强的员工。

2

马克思的《资本论》告诉我们，逐利是资本的本质。

在某个企业，流行一个人力资本定律：请两个人开 3 个人的工资干 4 个人的活儿。这个定律把“资本”的主要特征之一“榨取剩余价值”体现得淋漓尽致。尤其是在现阶段经济下行，订单减少的大前提下，当你“老了”（某些企业认为 34 岁以上就算老了），你创造力不行，体力思维不行，还混成了难以管理的老油条，与此同时，你工资是新人的几倍，期权股票一个都不落，这人力成本太高了。重新招一批年轻人进来换换血液，新面孔看着舒服，一张白纸任写任画，一纸《奋斗者协议》哄得他们把公司当家，做得多，要得少，何乐而不为？所以，你不下地狱谁下地狱？

所谓意识决定形态，位置决定想法（屁股决定脑袋），如大家所了解到的，企业的洗脑功能是与生俱来的，企业在推行“狼性文化”、“996（早 9 点到晚 7 点，一周六天工作制）”时，就是企业在榨取剩余价值的时候。而这剩余价值，除了高强度劳动以外，还包含了你的健康损害、情感损害等。在某个企业，一位高层因长期与家人两地分居请求离职，总裁挽留时说：“可以离婚。”听之骇然。

3

那么，在各种资源匮乏（经历、技能、资金、人脉、平台都为零，或者不足以支撑自立门户）时，除了甘愿、被动接受被榨取剩余价值外，你还可以做些什么？

答案是：不要做螺丝钉。

是的，我的意思是，你要有核心技能，独一无二的、无可取代的、日益精进的技能。

在分工越来越细的当今社会，很多工作都只能是知其一而无法窥其全貌，比如财务部门，有只跟钱打交道的出纳，有专门计算工资的，有专门核算主营业务收入（销售额）的。如果你只有一个技能，对不起，吃不了一辈子，你除了收钱付钱，你会税务筹划吗？你会维护财务软件吗？贷款久拖不决时，你能迅速看出哪个环节没经营好并一一击破吗？如果都能，恭喜你，等升职吧。

千万不要以为你是砖和瓦，哪里需要哪里搬，没用，那只会感动你自己。

4

当你人到中年被清理了，很可怕吗？

并不是。

你该庆幸，是 34 岁时被清理，而不是 43 岁时。

你愿意耽于小情小爱，还是驰于星辰大海，都在你自己。

未来有无数可能。

你想要优质的生活，但你配吗？

1

昨天晚上，大半年没联系的大学同学米蓝，给我发来一段长长的语音，她说她到北京了，她暗恋的人前两天向她求婚了，婚期定在明年的国庆节。言语间的欢喜，我隔着手机都能感受到。

我除了祝贺，还调侃了下她："原来这样就可以追到男神啊，千里追寻、漂洋过海就行？那我下次碰到合眼的，也这样，肯定能拿下。"

她回我："别人不知道，你还不知道吗？我为了这一天，花了多少心思啊。"

我知道，我都知道的。

米蓝的男神是那种典型的"别人家的孩子"，颜值、双商都千里挑一，毕业后签了北京一家公司。而米蓝，普通学历，165cm 的身高，60kg 的体重，虽然骨架小巧，但也只能勉强归入“微胖界”美女。

米蓝知道，好的爱情是势均力敌，是并肩同行，所以为了“配”得上男神，她进行了从里到外，一系列的改变：早起跑步、晚间瑜伽；戒晚餐，戒夜宵儿，控制饮食；考证，专业的非专业的都去尝试。毕业后，也丝毫没有松懈，一路实习、进修，每换一次工作就上升一个层次，如此等等。历经数年，迎来了现在的局面：双方在北京团聚，准备携手余下的人生。

这让我想起了《士兵突击》中的一句台词：想要和得到，中间还有两个字：做到。

2

有一次，我们公司空缺的门店会计岗位正在招人，我负责复试。

一个 90 后女孩，学历、专业都符合基本要求（不然也进不了复试），但复试时，她的表现让我很抓狂。

专业知识方面，该识记的，记忆混乱、张冠李戴；该理解的，错误丛生、漏洞百出；该思维拓展的，止步课本、僵古不化。

到了办公软件实操环节，我给了她一张有文字（占 30%）有表格（占 70%）的产品宣传单，让她在电脑上做出来，她愣着，半天没动，直到憋不住了，才问我：“该用 Word 还是 Excel 做？”

我还能说什么？我也很绝望啊。门店会计，对专业知识的要求不是非常高，所以，即使你专业知识薄弱，也没有关系，入职后我可以在实际操作中慢慢培训。但你拿到一个表格明显多于文字的图表，居然连用 Word 还是 Excel 做都无从判断，你是要我替你做吗？

当然是直接淘汰掉。

后来她给我发微信，直陈现在的状态是多么迷茫，多么热爱会计工作，多么需要这份工作，请求给她一个试用的机会云云。

我也很想问问她，上学时，学了些什么呢？时间都花在哪里了呢？你对现在的状态感到迷茫，讨厌现在的生活，那你有没有从自身去找原因呢？

你只有大专学历，有没有想过升读本科？现在的教育途径很多，只要有心用心，成考、自考，都可以提升一下你的学历，你有没有去做呢？

你是会计专业，除了必须熟练掌握 Excel 的各种操作，其他软件的使用能力，有没有刻意练习呢？

你是大学生，除了那张毕业证书，你的“软实力”够吗？演讲、英语、绘画，学过吗？职场礼仪、烹饪、插花，接触过吗？

毫无疑问，当你的学历层次更高、专业技能更精进、软实力更全面，你的选择会更多，多到你无法想象。但这些你都没有去做，所以，屡次面试失败、频频更换工作、始终在基层，你今天的生活，也许还将是你未来很长一段时间的生活。

你应该做的、必须做的，你都没有去做，才造就了今天的失败，这其实都是你自找的。

3

有人说，人生的很多不顺遂不如意，不是你运气不好，不是你机会不够，不是社会太残酷，而是你自己放弃了努力，你想要的生活才会离你越来越远。

想想自己，是不是想改变却一直在观望？是不是还是禁不住各种诱惑？

看到好多人做自媒体实现了财务自由，自己也想去试试，可是又害怕被人嘲笑，于是就这样算了；

早上的被窝这么温暖，所以多睡一会儿，睡到11点再起床吧，与朋友的聚会推到下周好了；

晚上的夜宵真好吃啊，这麻辣烫这么鲜美，烧烤这么诱人，再吃一点吧，长胖了就去买大一码的衣服好了，遮住一样出门嗨；

……

以上，是你想要的生活吗？如果不是，那你改变了吗？

想写东西就写，今天写300个字，明天写500个字，一周下来，数量也很可观了，积少成多，假以时日，锻炼了文笔、严谨了思维、舒缓了疲惫，这就是收获；

友情是需要维护的。相约就郑重赴会，不要让彼此成为通讯录里的一个符号。谈天说地、指点江山，总会给你启发，带来新的思维视野；

爱美就迈开腿，要健康就管住嘴。深夜的酒比不了清晨的粥，路边摊的美味能不吃就不吃。健健康康，神清气爽，饱满的精神状态是你个人形象的名片。

一时的放纵和懒惰，很舒服，很让人流连忘返，但那只会让你越来越爱抱怨，越来越松散。你不克制不自律、无要求无标准，你不去努力，你想要的，永远也得不到。

懒惰，改掉；困难，克服；贪吃，戒掉；不会，去学；想要，去做。

念念不忘，必有回响。愿你想要的都得到，不要的都走开。

愿你佩剑历千帆，一路衣袂翩翩

1

前些天整理房间，书、笔记本、相册携带着时光的尘埃，跳脱到我眼前。略带好奇，且有些窥探的心思，我翻看了这些旧物。

笔记本，是高三时期的，开头是几篇片段描写。心理描写，老师的评语是“真实自在”；语言行动描写，老师的评语是“用语简练，刻画传神”。再往后看，是各种笔记：成语解释与应用、语病分类与修改、应用文写作示例、错题订正集等等。

书面整整齐齐，分类条理清晰。昂然、明朗、向上的字体，一如十几年前的那个少女，在蝉鸣聒噪的夏天，凭借几张薄薄的试卷，朝着未知的前路张望。

为什么张望呢？想离开这里。肩不能挑手不能提的我，应付不了面朝黄土背朝天的日出而作日落而息。离开，是唯一的出路。

张望到了什么呢？不是重点大学，仅仅是一个大专。

如此结果，在情理之中，也在意料之中，我坦然接受。我庆幸有机会去张望和畅想，我加倍珍惜，对于结果，放下执迷即可。

2

微信上有刚高考完的小孩给我发消息：我该如何选填志愿呢？我喜欢花花草草，想学园艺，可是他们说女孩子应该报就业前景好的专业，比如会计、护理等等。

亲爱的小孩，都说选择比努力重要，那么在选择之前，你有清晰的目标吗？

花的姹紫嫣红千娇百媚，草的嫩绿清新坚强可爱，是你选择这个专业的理由吗？还是影视片中富家太太文艺女青年迟起烹饪打扫，提壶浇花的闲适蛊惑了你，吸引你靠近这个职业？

如果我告诉你，以跟植物打交道为主的，是园艺师方向，以设计为主的是景观设计师方向，那么你在专业细分上如何选？如果我还告诉你，从现实角度看，目前国内的园艺师，只能算是日常生活的调味品，维持生计的目的难以企及，你，又会如何选？

不要迷茫，且看我再来举例。

在大学里：

有人大清早就去了自习室，直到熄灯才回来，有人熬夜玩游戏，睡到第二天中午才起；

有人找兼职赚钱，为此受了不少磨炼，有人喜欢旅行，哪怕没钱，也风雨无阻；

有人静心做科研项目，白天黑夜，完全忘我，有人收获了爱情，每天从早到晚，眼里只有一个人。

后来，爱去自习室的也许成了教授，爱玩游戏的也许进了知名游戏公司做高级工程师；课余兼职赚钱的也许成了公司老总，喜欢出去旅行的也许成了摄影家；静心科研的也许研发了自己的专利，收获爱情的也许此生和爱的人过着平淡的生活。

生活和未来，总是一环扣一环，说不清哪环重要哪环不重要，人生会有很多条路，每一次岔路口的选择，都会带给你不一样的风景。

3

2014 年我在惠州工作，当时的财务总监是与我同年的一个江西人，毕业于江西财经大学。这个学历让她毫不自谦，专门怼人。有刚入职的新人请教 Excel 技巧，被她损得满脸通红，此后发奋自学。

那时公司有个福利：管理人员考驾照，学费公司报销。同办公室的几位同时报考，唯有她，四个科目均一次性通过。

与此同时，她还在备考 CPA（注册会计师）。下班后也不见她看书做题，她做什么呢？练字、打太极、写小说。我自诩文艺青年，见她弄这些玩意，免不了要去凑热闹。

她练的瘦金体，线条优美，笔画坚挺，布局舒展；太极拳一招一式利落中自带柔韧；鬼怪小说写得可怖可泣，结尾留白恰到好处。看得我心里只有两个字：佩服。

问她："书看了吗？题做了吗？"答："有时看看，做做。"

及至成绩揭晓，她在一个考试年度以68分和75分通过两门。我只能想到一个词：碾压。

有些人，好像生来就是老天爷赏饭吃，诗词歌赋人家会，金融政治人家懂，甚至生活中各种坎儿，人家也能冷静地出手化解。

如果，自己努力的天花板，不过是这种人的起点，那该怎么办？人们说条条大路通罗马，可有人就出生在罗马啊，又该怎么办？

很简单，莫问江湖路，但尽杯中酒。珍惜每个当下，做自己喜欢的事，和喜欢的人在一起。喝完杯中的酒，相濡以沫也好，相忘于江湖也罢。浮生若梦，为欢几何？

4

很喜欢网上看到的一首诗：

尚未佩妥剑，转眼便江湖；

愿历尽千帆，归来仍少年。

我想对你说：

愿天晴，斜阳微落风不寒；愿地平，去尽千方无路拦；愿君行，千里长途影不单。

愿你历尽千帆，仍然衣袂翩翩。

要学会合理地拒绝别人

1

前几年火车票还未实名制时，有一年春节，因为公司有急事，我需要提前回去上班，于是委托了一位家在火车站旁边的亲戚帮忙买票，买好了就电话通知我。

我一边收拾行李、安顿家人，一边等亲戚的电话。从早上到中午，从 7 点到 12 点，电话一直没响过。

等我把手边的杂事处理干净，已经是下午 3 点了，电话还没来，我只好回拨给她。

“啊，我上午在忙，等一下准备去售票点看。你要的是几点的？”她忙不迭地问。热情友好，让我有情绪也只能按捺下来。

事实上，在委托她时，我就已经把车次、乘车时间、席别等都告诉她了，还列了几个备用选项。我当时想的是，托人办事，一次性说清楚为佳，不要让人迷糊不清、左右为难。

她现在还来问我要几点的票，我只好把早上说过的话重复了一遍。并说："实在不好意思，麻烦你了，如果你现在去售票点，我二十分钟后再打给你怎么样？"

如我所料，二十分钟后，我再拨过去，电话没人接听。我只好一边打电话给公司申请推迟上班，一边带着行李连夜赶往火车站，狼狈至极。

后来我才知道，她其实是不想帮我的，但碍于亲戚情分，一上来就说这个忙我不帮，显得没礼貌没情面，日后相见该如何相处？于是她只好用先拖延、后敷衍的方法来对待我。

我倒情愿她一开始就明确跟我说："我挺忙的，帮不了你，最好你自己抽时间买吧。"

行就行，能做就做，做不了就干脆直说，节省别人的时间，也让自己舒坦。

2

每到毕业季、就业季，找工作的人就很多。

仔仔细细地写简历，复印证书证件，专心致志地搭配服饰、妆容，忐忑不安地去面试，结果呢，企业就给了一句话：回去等通知吧。于是原路返回。

回家后，怕错过企业人力资源部门的回复，于是把手机充满电，每隔两分钟查看一下短信，每隔五分钟刷新一次邮箱。

事实上，真被选中的面试者，面试的结尾是这样的：X 月 X 日来上班有问题吗？对于那些满意度不高、甚至想直接淘汰掉的面试者，企业的首要任务，是照顾这些人的情绪，所以拒绝得委婉又温和：有消息我们会通知你的。

刚刚毕业那会儿，我也被这样“温柔”地拒绝过。当时太年轻，以为对方让我等通知，是要在官方网站查证我证书的真伪，是要从多角度评估我对该岗位的胜任能力、培养成本以及与公司企业文化的匹配度等等。

等到后来终于放弃，还兼带着埋怨：这么大的公司，怎么效率这么低？

其实，企业与面试者，是双向选择的，当企业觉得不合适，就干脆利落地拒绝，这样还能为自己节省招聘时间和成本，不要允诺，不要留虚幻的希望给面试者，不让面试者有抱怨和误解的机会，反而会给企业在外赢得一份美好的名声。

拒绝就是拒绝，无论编造多少理由，一旦拒绝，就代表了“不合适”，所以，无须解释太多，无须无限期拖延，干脆明了，让双方都成为对方眼中“靠谱”的人。

3

在知乎上看到过这样一段话：这个世界上拒绝的方式有很多种，但有一种通行的潜台词，就是：“你也配？”

“你也配做我男朋友？”

“你也配得到这个职位？”

“你也配向我提条件？”

作为被拒绝者，当他悟到这个真相时，扎心不扎心？刺激不刺激？天崩地裂有没有？山呼海啸有没有？

所以，拒绝别人的时候，不能给别人留下幻想的余地，同时还得注意方式方法，要尊重别人的感受。

这大千世界，有各种各样的人，他们走过的路、见过的人、看过的书、历经的事，你未必都一一亲历，你不是他，不必评判他的好坏高低，何况国人历来有“做人留一线，日后好相见”的人际交往准则，所以，拒绝别人可以参照以下几个简单方法：

（1）我帮不了你，因为我现在还有更重要的、需要优先处理的事情。

简析：让别人知道你拒绝的理由，并分享手头上正在忙的事情给对方，取得他的理解。

（2）现在不是合适的时间，我正在做XX事。我们约个别的时间再沟通如何?

简析：既说明了当下的状态是“在忙”，又表明了愿意继续沟通的意愿。

（3）这个事情目前我不是这么想的，可能以后会考虑你的建议。

简析：明确告知对方，他的建议你现期不会采纳，但你保持开放的沟通态度，假以时日，说不定会重新采用他的方案。

拒绝人时，虽然要干脆利落、直来直往，但还请，在心底留一份温存，在眼底看见对方的感受，在措辞上照顾对方的情绪。

最后，请相信，你的真实，自有千钧之力。

口袋里没有钱，就不配谈自由吗？

1

我收到了你发来的邮件，絮絮叨叨的，你说了很多，我大致整理归纳如下：

“创业”失败：通读99元买来的“致富秘籍”后，流窜于大街小巷摆地摊，无奈货不对路，无人问津，只好弃了摊子，租了个一居室来存放那些积压的小玩意；

频频换工作：你怀有理想主义、完美主义，还有一点傲骨，不甘心被压榨，毕业十年“光顾”过30家公司；

家人不支持：你辞职，你换工作，你摆地摊，病痛在身、节衣缩食的父母不是没有怨言。

你说，自由是最可贵的，你想要自由；

你说，去年一年，最终以负债画上句号。

……

我从你的信中，看到了很多熟悉的，当下年轻人总挂在嘴边的词：理想、梦想、自尊、傲骨、创业。前段时间很热的“生活不止眼前的苟且，还有诗和远方”应该很符合你的心境吧？

你说你想要自由，那你知道，真正的自由，意味着什么吗？

2

我们来一条条讨论。

你说你希望无人管束，想干什么就干什么，不理老板的指令，不管同事的脸色。这就是你要的自由吧？

说实话，这个想法不过分，我们大多数人，都有这样的理想。那么有没有人做到呢？有的，你去看看胡润中国富豪榜就知道了，他们资产无数，所以从容、优雅、自在，甚至可以在不逾越法律的前提下，随心所欲。

就你目前的状况，你也确实是自由的：觉得老板蠢同事傻，就辞职；不想被压榨，就创业……

但你有没有想过，你父母为你，背负了什么？

他们吃得普通，穿得普通，他们小病忍，大病拖。饶是如此，你还埋怨他们不支持你创业。

万一，哪天你生病了，你该怎么办？小小的感冒，也有可能让你破产。或者，你父母怎么办？养老问题你考虑过吗？还有，你已过而立，尚未婚娶，这一项人生大事，你将如何处置？

目前，你是自由了，但这自由，是镜中花，水中月，是虚假的存在。

真正的自由，是说“不”的能力，你有吗？

3

讨厌管束、憎恶老板、抵触同事，你有改变现状的能力吗？如果没有，那你有没有想过改变，让自己强大到不需要管束，让老板和同事都对你青睐有加？

去提高业务技能，去锻炼口才，去创下成绩，这就是强大的开始。

你有这样去做吗？

如果没有，那很遗憾，在变得强大之前，你没有说“不”的能力，你失去了挑剔的资格，你是被选择的一方。

生活无非就是这样，没有哪一项工作不辛苦，没有哪一处人情世故不复杂。

你想要自由，请先做到：摒弃好高骛远，改掉志大才疏，从一点一滴做起。

不要再要求父母支持你了，现在是你回报他们的时候。有创业梦想是好的，但是在开始之前，还请想一想，你的信心，从何而来？你的基石，锻造得如何了？凡是创业成功的，无不是一砖一瓦、一点一滴积累而来的。

十年一梦，何日觉晓？愿你早日醒来，用双脚去丈量梦想与现实的距离。

承认吧，你的“不想要”，其实是因为“得不到”

1

每到了“金三银四”（每年的3、4月份都是人才招聘的高峰期，因为跟春节和春运紧接）的绝佳求职期，公司里不少人都在“蠢蠢欲动”：有的打听招聘信息，有的主动和猎头接触，有的收集“战绩”制作简历。

就在大家忙得热火朝天的时候，行政人事部的婷婷，给我发来了一条微信：“姐，你说我要不要换一份工作呀？我在这里三年了，还一直做助理，核心的东西接触不到，我没法成长。”

看完微信我突然想起来，前不久朋友说他的公司需要一个人事主管，让我帮忙留意，有合适的就推荐给他。我想到了婷婷，于是给她发微信：“以你的工作年限可以做人事主管了，如果有对应的人力资源管理证书，我给你介绍一家公司。”

婷婷却迟迟未回复。临睡前，她的微信来了：“姐，证书我还在考。这次就算了吧，先不换工作了，我继续在这里磨炼一下。”

哦，原来是硬件没达到要求，只好用“算了，我不要这个机会了”来“应对”。

不甘眼前的状态，又不付出努力，当机会和机遇来临时，无力抓住，只能摆出拒绝的姿态。有多少人，是这样的？

2

无力抓住之下的“不想要”，其实是因为知道自己“得不到”。反之也成立，因为知道自己一定会“得到”，所以才会心安理得地“要”。

我家小区门口有一家超市，老板很懂得“陈设”之道，将糖果、牛奶、饼干之类深受儿童喜欢的食品，摆在玻璃橱窗上，花花绿绿、五花八门，非常抢眼，因此，人们常常会看到一些被“诱惑”的小朋友，哼哼唧唧地要家长给买。而且十有八九，都能得逞。

看着他们天真狡黠地笑闹，我明白了，他们依仗的，是大人的爱和宠溺。谁家孩子都是父母的小心肝儿，捧在手里怕摔了，含在嘴里怕化了，怎么会忍心看他们真的哭闹？又怎么会直视他们失望的眼神？

我所拥有的，都可以给你，想要什么，你开口就行。天下父母，莫不如此。也正因为如此，孩子就有了“只要我要，就会得到”的安全感和归属感。

这也像情意笃定的恋人。你会在大半夜穿过两条街去给我买一碗我爱吃的馄饨，你会容忍我偶尔的无理取闹，你还会听我哭着骂上司……爱情里的照顾、尊重和体贴，你都身体力行，所以我幸福得像个傻子。是的，我知道，我要的你都会给，所以我才会索取得肆意张扬。

3

有一句谚语是这样说的："早起的鸟儿有虫吃。"它的意思是，要想有虫子吃，就必须在其他鸟儿还在窝里睡觉时，早早地起床劳作。或者再直接点，也可以将其简化为："想要"和"得到"中间还有个"做到"。

比如电视剧《士兵突击》里的"许三多"，刚入伍时，看到坦克吓得举手投降，立定时腿会不停颤抖，转体时左右不分，甚至在演习时，把熟鸡蛋藏在身上，被"敌军"追踪到热源，以致己方全军覆没。

某一天，在外界的刺激下他觉醒了，开始不分昼夜地练腹部绕杠，不顾疲劳地练射击，争分夺秒地练长跑，废寝忘食地背考题……

没人知道他到底付出了什么，但从"孬兵"到"兵王"，从低谷到山顶，他做了所有能做的，不是望而却步，不是浅尝辄止，也不是尽力而为，而是一腔孤勇、背水一战、全力以赴。

后来，战友们围着他说笑，领导对他青睐有加。这样一个敢让自己和现实交手的人，长成"参天大树"只是时间问题。

4

“想要你就说嘛，你不说我怎么知道？”

这是《大话西游》里的一句经典台词，一直被视为“唐僧”的啰唆和絮叨。我却认为，在搞笑的背后，它其实是在提醒我们，除了记得“要”，还应该懂得“如何要”。

我想起了一直被人诟病的邓文迪。在传统、世俗的观念里，她其实一直是备受争议的，那么让我们先搁置她的所作所为不谈，只聊聊她是怎样向这个世界伸手的。

首先，她是耶鲁大学毕业的高材生，这证明了她智商之高；其次，她曾在香港 STAR TV 就职，积极拓展 STAR TV 在亚洲的经营规模，成为了公司管理层中唯一的亚洲面孔，这说明她情商、财商也均不在话下。

情商、智商、财商，一个不落，再加上自信以及行动力超强，所以，这个女人能在高端人脉圈为自己博得一席之地，能让数位精英男士分她一杯羹。所以，这个女人，恐怕没有人们想象的那么简单。

为了对世界说“我想要”，有人夯实基础、步步为营，有人气场全开、抢尽良机，最终，不过是殊途同归，给自己争来了立足于世的方寸之地。

5

多问问自己，你想要吗？如果不想要，确定这是自己的真心话吗？再问问自己，如果确定想要之后，打算怎么做？

想追男神女神的，就做做形象管理，然后去旅游读书，内外兼修，才会有足够的底气站到对方面前；想换工作的，就把学历升一升，把证书考一考，把项目做到尽善尽美，这样，求职时履历才会精彩；想经营好家庭的，多多换位思考，多多付出，还要持续成长，这样才能一直和对方并肩前行；想培养出一个活泼大方的孩子，不妨去琢磨一下儿童心理学，光有精心的照顾是不够的，想办法走近孩子的内心，才能更好地互动……

承认自己“想要”不难，难的是，你之后为此付出。

别怕山高，别畏路远，只要出发，就必到达；也别口是心非、言不由衷，遵从内心，才能成就自己的安稳。

愿你多一点脚踏实地的努力，少一点心有不甘的放弃；愿你所有的“不想要”，都是因为“已得到”。

要成就一件大事，必须从小事做起

1

前几天，有人私下问我的朋友："如何把文章写得优美生动？"我朋友回复："多看散文。"对方听了反问："那看《红楼梦》行吗？"朋友之前看过他的文章，这是个连"地、的、得"都常常混淆的主儿，内心里，其实更希望他能先看看基础的东西。

换了是我，会推荐《新华字典》给他——当然这只是我的想法而已。虽然我本人常常看这个，但不代表别人也看，要知道对方的喜好是《红楼梦》，如果推荐《新华字典》给他，可能会让人家觉得你看不起人。所以后来，我朋友直接对这个人说："你就按照自己的兴趣去读书吧。"

曾经我也是那种由着性子来的人。我的专业是会计，大一时，我就急吼吼地找来了 CPA（注册会计师）教材看，成天泡在图书馆研究，其实，一个连"借、贷"都没理清的人，怎么可能看得懂这些呢？直到老师给我指点了迷津，我才知道，首先，我得考一个会计证，接着是职称资格证，然后才是 CPA。当然，现在政策变了，会计证已取消，起步就是职称资格证，但难度和含金量，还是没有变。同样不变的还有那条放之四海皆准的铁律：千里之行，始于足下。这几个字让我懂得了“基础”的重要性，不敢好高骛远、忘却眼下。

2

2017 年电视剧《那年花开月正圆》热播，大家纷纷夸赞女主角孙俪的演技，就连她的同行都评价她：对人物形象的塑造尺度拿捏准确。

一路纵观下来，凡是她参演的剧基本都火了。而我想说的是，罗马不是一天建成的。

你看到的是孙俪的光鲜亮丽、片酬优渥、在电视剧市场上如鱼得水，你看不到的是她从业以来的勤奋以及敬业。不少人在邓超的微博上看到过她的“剧本笔记”，厚厚一叠上全是密密麻麻的注释，堪称考生级别的笔记。肯下这种细功夫的，试问有几个女演员？尤其是在身份、资源出类拔萃到这种地步的前提下。

与其说各种优秀的剧本成就了她，不如说她的用功和优秀的剧本相互成就。

下真功夫，下细功夫，永远不会错，也永远不会过时。虽然前期可能会走得慢一些，但扎实的基础，会让你脚下的每一步路，都踏实笃定。

正如京剧大师梅兰芳，他日常紧盯空中飞翔的鸽子，注视水中游动的鱼儿，天长日久勤学苦练，才练就了一双灵活的会说话的眼睛。再如画家达·芬奇，为提高自己的观察能力，为锻炼手眼的协调度，他三年如一日，天天对着鸡蛋，横着画，竖着画，正面画，反面画，才将绘画技巧练得融会贯通。

列宁有一句话说得非常好：要成就一件大事业，必须从小事做起。

3

人生在世，什么是大事呢？研究全球气候变暖的原因？解读政治局势？商讨国策方针？放心吧，这些大事轮不到你，你也干不了——当然，作为业余兴趣研究，还是可以的。

我想起了电视剧《士兵突击》中，许三多问齐桓第二天要做什么，齐桓怼许三多："拯救地球你干得来吗？当然是训练！"是啊，对于士兵来说，大事儿就是训练，今天练得过硬的技术和本领，他日在战场上才能降低伤亡率。

而对于我们来说，大事儿就是，担好分内的责任，成就自己，成全未来，不给别人增加负担。是学生，就好好上课，多考几个证书，多参加社会实践，学以致用、活学活用，才能在毕业时不至于频频往返于人才市场，凄惶地一次次递出简历；已经工作的，就好好用点心思，把专业技能精进，力争做到人无我有，人有我优，然后把职场规则摸透摸熟，让它为你所用，达成良好的内外绩效；已为人父母的，就多陪陪孩子，给孩子讲讲故事，陪孩子画个画儿，童心童趣会涤荡你在都市丛林中的疲惫，还会让你懂得养儿不易，从而念及亲恩，更加孝顺父母。

我想起了之前看到过的一句话：所有人都想着拯救地球，却没有人帮妈妈洗碗。而我想说，不会做小事的人，也做不成大事。

得不到掌声，得到温馨，谁能说这不是幸福人生？

1

生命中，那些长河落日圆，月华霜满天的日子里，总会有人辞官归故里，也会有人星夜赶科考。多的是熙来攘往，为生活为理想东奔西走的人们。

值得庆幸的是，尽管那几两碎银搅得大家人心惶惶、眼神怅怅，但还好，还有音乐，能抚慰到你我。

有人说，周柏豪的歌，每一首都是一个故事。初次接触到那首《一事无成》，仅看歌名，我望文生义，以为是落魄者怨气冲天的自诉，听完之后，才发现这是境界豁达思想通透的智者，在对世人进行温柔地劝诫。

2

有人说："人生在世，除却生死，无大事。"倘若人们真的能超脱至此，灵魂的盛宴与清欢，便也只有春花秋月了。而灵魂之外的境遇呢？大概是人生不如意事，十之八九：爱过的人，不得；拼过的事业，未成；追过的梦想，难继。委屈、辛苦、不甘，已日复一日，长成了我们的血肉。就像周柏豪、郑融在《一事无成》里唱的："或许这故事，亦是谁共你的故事吧？真的好想精于某事情，好想好好地打拼，可惜得到的只有劣评，没有半粒星。"

看，世事如棍棒，狠狠地敲打着我们的骄傲：30岁之前，一腔壮志、眼神带刀，30岁之后，激情退却后一无所获、跪地求饶。

有人说，人都会有这样的阶段——从一开始以为这个世界上只有自己，到明白自己的天赋其实只够做一个不错的普通人，然后人就长大了。

我们放马南山，我们信马由缰，但最终，可能人困马乏、路远马亡。然后，我们窥见了生活的全貌。

3

高尔基说："不要慨叹生活的痛苦，慨叹是弱者。"

我们不慨叹。看懂这个世界之后，我们接受了自己的平凡甚至是平庸。与此同时，我们还调整了航向：既然事业难成、功名未就，那么，是不是可以去做一个快乐的普通人？

《一事无成》中唱："高峰上不成，唯盼爱情顺景，成就在平凡里，那份温馨。我试着生性，但求父母亲高兴。假如凡事都失败，也许得爱恋先可以得胜。"

歌中的"爱情顺景"，我理解为一种指代，指代当今我们常常谈到的"小确幸"：善于发现流淌在生活每个瞬间的幸运与快乐，并且用感恩和珍惜的心去对待。

具体到现实中，我觉得应该是：让每个良辰美景不虚设，春采花、夏看海、秋赏月、冬踏雪；让每次力所能及落在实处，专业再精进一点、作息再规律一点、身体再健康一点；让每位新朋旧友感受到被爱，多联系，多见面，多沟通，多走动。

"得不到掌声得到温馨，我爱这种清静。"是啊，日月同辉，山川温柔，我和这世界相爱到老，谁能说，这不是一种幸福人生？

4

倘若，你刚出校门，困于职场、丢弃理想、迷失信仰；倘若，你人到中年，孩子咿呀、爱人絮叨、父母体衰；倘若……

生命这盘棋，如果布局已定，请记得，这些无可作为、难动分毫的事，也许只是暂时的，不会一线生机也无——如果真的不见生机，我们还可以做到，落子无悔。

寒夜虽长，但天总会亮。要相信自己是很了不起的人，凭借心智和努力，可以过上相匹配的生活。

是的，只要一步一步来就不会差。一切成长和伟大，如同中药和老火汤，都是一个时辰一个时辰熬出来的。

太远孤独，太近伤害

1

有人发了一条朋友圈，虽然用词模糊而文艺，但成年人一读便知，那是生活千锤百炼下的无奈与心酸。

你觉得该上去问问怎么回事，顺便安慰他，也顺便从他的不幸里总结经验为己所用。

你想了半天，不知如何措辞，正想再回头看看那条朋友圈，找找话题的切入点，却在这时候发现那条朋友圈已经不在了，被主人自己删除了。

你长出了一口气，很好，不用纠结了。什么都没发生，不是吗?

发了一条朋友圈，又删除了，这样的事，谁没干过?

2

我就干过这样的事。

编辑了一大段微信，想了想，又一个字一个字删掉；写好了一封邮件，在点击发送时又取消；拨通了一个号码，响了0.01秒，又快速挂断。

不是矫情，是觉得不合适。

遥想年少时，再小的情绪也会昭告天下，现在成年了，再大的悲伤都能化繁为简。

现在，不合时宜的事，不会做了，不适合倾诉的人，不想去谈心了。也懂得了，与人相处和交往，近则不逊，远则怨。也即所谓的“边界感”：我们需要承认和尊重彼此的独立性，我承担我的责任，你承担你的责任，决不轻易越界。就像两个鸡蛋，都带着自己的壳。你想跟别的鸡蛋亲近，也只能期望成为“一个篮子里的鸡蛋”，而不能期望成为“同一枚鸡蛋”，因为如果挨得太近，就可能鸡飞蛋打。

3

人逐渐长大，就是一个把哭声调成震动的过程，也是一个认识到“边界感”的过程。

曾经有朋友很善良，散步途中发现一只流浪猫，觉得它很可怜，于是就带回了家喂养，过了几天，还是散步，又遇到一只野猫，觉得那野猫也很可怜，只好也带回家收留。第三只，第四只……从此附近的野猫都被她遇到了，她家成了猫窝，她的生活都被猫占据了。她一边养猫，一边怨气冲天，觉得自己的生活被这些猫给毁了，可真要扔下它们，她又于心不忍，就这样，她陷入了一个两难的境地。

其实，无论出于什么样的善心，助人者和求助者之间都应该有边界。在帮助别人的时候，要警惕我们的好心突破了边界，最终损害了彼此的关系。

其实朋友之间也是这样。

从嘘寒问暖到音讯稀疏，从无话不谈到渐行渐远，中间穿插着“你责怪我不理解你的痛苦，我责怪你不感恩我的付出”这样的戏码。

其实，不是不理解，不是不感恩，仅仅因为，我害怕我所有的造访，都是唐突。

4

人都害怕孤单，但人生来孤独。

这世间那么多黑暗和阴冷，我一个人的体温，不足以抵御，所以我想靠你近一点。

你伸手拥抱我，我蜻蜓点水般，靠近，接触，又离开。即便那温暖是稍纵即逝，是杯水车薪，甚至是于事无补。但我依旧选择靠近，只是靠近之后还是得离开。

只因为我知道，不能形成依赖。倘若对那一点点温存上瘾，彼此势必缠绕交融、亲密无间——而越接近，越是原形毕露，越是轻慢虚浮，也越是让伤害有机可乘。

太远，我们都孤独，太近，我们受伤害。

5

既然太远孤独，太近伤害，那有没有折中的办法？

我的回答是：别太虚弱。不依附任何人，不空虚片刻，不彷徨明天。

无论是秋赏落叶，冬看雪；还是春风得意，山重水复；又或者是万人敬仰，无人问津，我们都务必，不惊不喜，不骄不矜，精神和灵魂，自然也就不会起落无度、回环不定。

做到了“不以物喜，不以己悲”，少了“感时溅泪，恨别惊心”，不再“为赋新词强说愁”，才能“识尽愁滋味，却道天凉好个秋”。

无所动，才会无所求。不求，自然也就不会想要去依赖和依靠。

灵魂的平和与丰盛，是强大的内在照耀的，不是外界馈赠的；精神的饱满和充实，是自己创造的，不是他人给予的。

愿你我，都能做自己的小太阳，无需披着刀枪剑戟，去借他人的光。

看人间，个个都温柔

1

今天早上，我送女儿入园。与保育老师寒暄，在她对小屁孩“劣行”的“投诉”中，分辨出了她对孩子的热爱和尽心，心下欣喜，连日来在各种黑暗新闻中瑟瑟发抖的孱弱的心，安定了。

生她时，那10级阵痛我已受过，鬼门关走一遭的滋味刻骨蚀心，因而祈求她一生平安喜乐。想来天下父母皆同此心，故，遇到良善老师、亲戚、旁人等，都要对上苍言一句谢。是谓“养儿一百岁，长忧九十九”，更是“可怜天下父母心”。

2

我偶尔不想做晚饭，就出去找小馆子对付。

一日，寻到一家冒菜馆，三五张原木色桌子，窗明几净，绿植葱郁。一眼望去心情舒畅，入内点了一大堆素菜、少许荤菜——素来坚持晚餐少食且不吃荤，间或违规。

等了不一会儿，大碗端上来，滚烫麻辣的汤料，热气升腾，仅是以眼观之，便觉口味之重，然而却是喜欢得紧。

既麻又辣地吃完，出门去，街上行人两三，天边暮色初合。转头看，有他在侧相伴，有稚子童言童语，感叹生活美好。

饱暖不光生闲事，还生缱绻。

3

牢骚太盛肠断，鸡汤过厚油腻。那就读经典。

看汪曾祺老先生描写我喜欢的栀子花：“栀子花粗粗大大，又香得掸都掸不开，于是为文雅人不取，以为品格不高。栀子花说：‘去你妈的，我就是要这样香，香得痛痛快快，你们他妈的管得着吗！’”

读罢，尚发觉自己词汇量寡少，无言可陈。懊恼。

是个痛快有趣的老头子吧？生生的感叹号里简笔浓情，表示出一副爱谁谁的生活态度。

有些人，你一眼万年，而有些句子，你一眼倾情。

4

写这篇闲笔时，手机指示灯一直闪，是某微信群内发言不断。

我点进去一看，有人在直陈观点批评人——似乎在说我？我回复，他反驳，来回两句之后，我只觉厌倦，于是不再言语，退出聊天界面，按灭手机，继续敲键盘。

两分钟之后，指示灯又亮。打开一看，是有人私聊我：XXX，让你受委屈啦。真是个可爱温柔的人儿啊，如此贴心用心。

为不教其担心自责，我道谢后哈哈哈大笑，以示刀枪不入。

我并不可爱，也并不完美，但我和你一样，被他人爱着。真好。

5

张晓风说：“生与死，光和暗，爱和苦，原来都这般接近。”她还说：“树在，山在，大地在，岁月在，我在，你还要怎样更好的世界？”

而我要说，生活是那待斟的酒。这酒如何酿？且以温柔去戾气，不让郁积成怨，怨积成殇，添加仁心厚谊，如此，成品才得香飘四溢。

当然，生活不可能处处春风得意，时时如止水，风霜雨雪会有，酸甜苦辣也会有。我祈愿你，时时留意，留意这温柔的世间，然后，在清风明月和汹涌岁月之间，边梦边走。

要知道，得半日之闲，可抵十年尘梦。

第二章

请珍视每一场难得的遇见

抱歉，我偷偷删了你的微信

1

手机屏幕第三次亮了，我急急忙忙放下正在洗的杯子，三下五除二擦掉手上的水，解锁一看，发现是移动公司发来的优惠广告。看着那机械的充值广告，我怅然若失。

一小时之前，我给你发了一条微信，我告诉你，我明天要去面试了，去的是你一个月前就职的公司，我在微信上问你，我应聘的那个岗位，薪资范围大概是怎样的？

我之前就做了一些功课：公司的经营范围、发展历程、行业排名、企业文化等等，基本的这些我都已经查过资料了，唯有“个人期望薪资值”这一块儿，我拿不准，我不想在人力资源部门问及时，回答得太过冒失。而这个问题的权威回答者，非公司（前）员工莫属。

给你发完微信，闲着无事，我倒了一杯水，然后切了一个柠檬，碾碎了几颗冰糖，给自己冲了一杯酸酸甜甜的柠檬水。我喝完水，洗完了杯子，你的回复还是没有来。

我重新把手机解锁，检查了一下网络，是正常连接的，我去到微信页面，发现朋友圈那里有小红点，顺手点开，却赫然发现，你在十分钟之前发了一条朋友圈，如平常一般的九宫格配图，如平常一般的图文不符的文案。

我的唇齿之间酸酸的，全然没了甜——有一种无视，叫你发了朋友圈，却不回我微信。

2

你不是第一次这样了。不用奇怪我为什么内心戏走了几圈了，却不打个电话，因为好几次，我打你电话你都没接，事后也没回电话。

这样的无视发生一次、两次、三次，我都可以当你是忙得分身乏术，忙得脚不沾地，第四次、第五次到来的时候呢，我还要当做什么都没发生，任由它发生到第一百次、第 N 次吗？

我也曾半开玩笑地嗔怪过你，我说如果你再这样，我就生气了。你的回应是嘻嘻哈哈、支支吾吾。你大概没有听过一句话：所有的玩笑都有认真的成分。

所以这一次，我决定删了你的微信。我不会再来嗔怪你，不会再说我生气了，当然，也不会通知你——被你无视到一言难尽，这一次我想快意恩仇。

你可能有一种错觉，觉得我对谁都大方友好，热情洋溢——你对我的误解，是因为我们打打闹闹已久，你被表象蒙蔽了双眼，还是你对我根本就不曾走近？如今我已然不想去仔细探究。我只会自怨自艾地叹息一声，然后在心底对你说：你以为我交友门槛低，人人皆“朋友”，其实好多人对我而言不过点头之交，只是独独对你青眼有加罢了。

其实骨子里，我懒散，不喜喧哗、不屑周旋，只对“值得”的人花心思、极尽温柔，倘若有人觉得我待他冷清疏离，不用怀疑，他的感觉是对的。

3

我常常说，人与人的“长相守”，一靠命运的成全，二靠彼此的修为。我们得到过上苍的眷顾，所以会相遇，但是后面的路，就全靠各自的经营了。某年某月的某一天，当你发现你已不在我的朋友名单，你会不会回顾我们一起走过的这一程？当往事纷至沓来，你会不会疑惑，为何我们之间的情谊到头来不被天长地久青睐？

你能不能寻觅到答案，我不关心，我只知道，从今以后，你我不会再有相谈甚欢，也不会再有千里相逢。往后，我的言笑晏晏，另归他怀。

那些从诗词哲学，谈到窗台漏水，再谈到隔壁班的妙人儿的时光不会再有了，而我将只身赶路，暴风雨雪肆虐时，还是会忆起你给过我的温暖，然后，裹紧风衣继续向前走。

前路会有阳光和煦，也会有并肩之人。至于你我，就这样吧。所有的温情和怀念，都已定格；所有的怨和怒，尚未启程。不道造化弄人，不怨人心易变。也许该庆幸，我们尚未走到面目全非、山河破碎的那一步。

毕竟，不是所有的短暂，都是浪漫。

不要随意翻看恋人的手机

1

某著名导演曾在微博上讲述了自己朋友被老婆查看手机的遭遇，耿直的他就私自翻看手机这个事，劝告网友们不要用查看手机来试探彼此的感情，因为翻看手机之后的结果不会有两全的处理办法，所以更应该放下手机好好过日子。

简言之就是：要想日子过得去，不要随意翻手机。

这使我想起那些在爱情里患得患失的女孩，她们常常睁着一双无辜的眼睛，问："我怎样才能知道男友是不是变了心呢？"

对这样的提问，我能避就避，实在避不了，就使出洪荒之力，压制住怒其不争的语气反问她：

第一，你知道了又怎么样？

第二，你为什么要知道？

第三，这个问题对你很重要吗？

第四，他变心与否，难道你真的不知道？

2

翻看爱人手机，问男友还爱不爱自己，这是毛病，病因无他，缺乏安全感而已。

什么是安全感？

对于婴孩来说，安全感就是，他哭了，妈妈能在三秒内响应，当他大一点上了幼儿园，他知道下午做完游戏，妈妈就会来接他回家；对于新手爸妈来说，安全感就是，纸尿裤没有荧光剂，奶粉是无污染的，只需付钱买回来，拆包装就可以用，不必担心质量问题；对于员工来说，安全感就是，踏实工作，努力做事，有成绩就能得到升迁，不必钻研办公室政治，不必讨好所谓的“皇亲国戚”；对于老板来说，安全感就是，员工自发上进，不徇私舞弊，不拉帮结派，以业绩为导向，以公司为家园，随时听候差遣；对于夫妻来说，安全感就是，他打回电话说晚上要应酬，她叮嘱他少喝点。她不会追问真假，不必询问应酬对象，这证明他日常表现良好，不习惯玩暧昧，社交场合有分寸……

这听起来多美好，你向往不向往？

3

我一直觉得，人生短暂，人生实苦，而美景良好，故事冗长，何不全心全力、心无旁骛地去感受、去经历、去享受？非要把有限的精力，放在追查爱人手机里的不明短信和男友微信里的表情包变化上？

去操心你的股票基金，去研究你的烘焙，去听你的励志课，去关心孩子的教育，去陪伴年老的父母等等，这才是有趣又有用的事情啊。

不记得在哪里看过一个古代的故事，说是有个女子出嫁前夕，她的父母叮嘱她："你要多攒些私房钱，多为自己打算。"她言听计从，利用一切机会攒私房钱，结果触怒婆家，被休了。

这个故事原本的目的，是想教育我们：凡事不可太用心机，心机用尽，反断了卿卿婚姻。而在今天看来，我们着实要为这个女子打抱不平：即使她兢兢业业持家，分毫不私藏，也未必能和丈夫恩爱到白头，就算遭到抛弃，也还有金钱傍身。——所以你看，任何事物，都是"过犹不及"，也都是可以作正向解读和反向解读的，就好比，管理男友或者丈夫这件事。

不错，男人这种生物，是要"管理"的，但有个词叫"物极必反"。你攥得太紧，凑得太近，也许会失去得越快，毕竟，这"紧、近"的背后，隐隐约约地，是不信任不贴心以及不尊重。

玩过拔河的人都知道，双方实力均衡时，能把对方往己方拉一点，就是胜利，倘若真的势均力敌，双方互不相让，最后的结果，要么一方摔倒，要么绳子断，双方都不能玩了。

压伤骆驼的稻草有很多，但你不知道，你哪一次的加码（质问和侦察），是压倒它的最后一根。

管理丈夫，很有必要，但请务必维持在一定的限度内。

说好的一辈子，你却只来过一阵子

1

十一国庆长假前，朋友小莫说他要回湖北，问我回不回去，有没有时间聚一聚？

他是我的学弟，初中时相识于校广播站，因为爱好相同，彼此自然而然多了一份亲近，后来我们就成了朋友。还记得大学时他寄给我的明信片上写道：“XX，我由衷希望你能过得好，有爱你的人，有你爱的人，还有自己的追求和事业。以后的路还很长，希望我们可以永远保持青春，做一辈子的朋友。”

毕业后他留在了那个有城墙古老和晚霞满天的西安，我去了广州，后来辗转回到重庆，自此再也没有见过。对方的各种境况，也都是通过朋友圈才能得知。

年过三十，当然是不再青春，那些写在明信片上、信件中的一辈子，言犹在耳，而当初一起许下承诺的人，却不在身边。

以前，我们有年少衣衫薄、皓月踏长空的意气，有长夜对谈、通宵饮酒的朝气；

现在，我们无对面问安好、相携奔前程的勇气，无嘘寒问暖、勾肩搭背的运气。

一切都因为，曾经说好的“永远”无法兑现，所以我们只能散落天涯、各安两端。

2

大学时我在武汉读书。因为和闺密小雅同属一个专业，所以常常跑到洪山区去找她玩，顺便蹭她的考证辅导课。下课后和她一起去食堂，赖着她，要她请我吃我喜欢的黑米粥。

后来我不去蹭课了，她便到我的学校来看我，我带她去江边玩，火红色的夕阳沉下去，仿佛要没入水中。我们在江天一色的黄昏里，说到将来，讨论要嫁什么样的人，要找什么样的工作，要去哪个城市定居……江风徐徐，我们心里宁静而快乐。

这个城市的天气，一到冬天就寒风凛冽、冰冻刺骨，天生怕冷的我，年年必生冻疮。那年的冬天，初雪还没有来临，小雅就给我送来了一条围巾，是她自己织的。天蓝色的毛线，针脚密集、布线匀称，鼻子凑近了嗅一嗅，隐隐还有些香气。我借此度过了第一个没有冻疮造访的冬天，内心里柔软得一塌糊涂，想着她对我如此好，我们肯定会一辈子都在一起的。

但是后来我们还是渐行渐远。或许真的是这样，曾经把臂同游，不代表一生相守。

3

去年8月份，因为注意到了张译这个演员，想多了解一点他，于是把他大荧幕的作品搜索了来看。其中一部《山河故人》，看得我感慨万千、悲恸丛生。

一大圈人，兜兜转转，由相聚开始，到离别结束。和爱的人离别，和兄弟离别，和故土离别，和亲人离别。离别一旦开启，回归便无尽头。

影片中的那首插曲《珍重》，我单曲循环了好久，里面充满了相濡以沫的情谊，就好像两个人共赴江湖路，一起面对所有的危机，不仅有情，还有义。

为允你一诺，我独行千里；为尽君一日欢，我拼将一生休。——这便是情义，仅仅两个字，从来都是力敌千钧，若是书写，必定力透纸背，若是践诺，必定生死可抛。

但，急急流年，滔滔逝水，在光阴的故事里，满是有去无回的人。当年的情比金坚好比那挂在墙上泛黄的画，不动它，它安在，稍一碰触，就脆弱得幻化为尘。

所以，开始时，阳光刚刚好，你说多多关照，我说三生有幸；结束时，你说故事冗长，别回头。我们就真的再也没有回头。

4

《霸王别姬》里说：说好了是一辈子，差一年，一个月，一天，一个时辰，都不算一辈子。

一辈子那么长，在变幻的时空面前，我们都是手无寸铁的人，靠什么去维系当初的心之悸动和爱之承诺？

有人说：大家一起成长，站在同样的高度，才有对话的可能；

有人说：培养相同的爱好和志趣，三观相投才能灵魂相吸；

有人说：天天饮茶喝酒，有福同享，有难同当，就能生生世世捆绑在一起。

……

其实总结起来，无论友情还是爱情，一辈子相亲相爱只靠两点：命运的成全和彼此的修为。命运让我们相遇已是幸运，剩下的，就是各自的造化了。

人生，来去都是白茫茫一片，我们都是孤独的叠加，在朝来寒雨晚来风的凄清飘摇里，和新朋推杯换盏不醉不休，和旧友秋天望月冬天赏雪，然后感叹天光尚早，未来很远，感叹经过时间的曲折，留下的都是真的。并希冀着，那些说过一辈子的人，真的能携手共度余生，而不是仅仅来过一阵子，就各自奔天涯。

盼你长大，怕你长大

1

晚上，我教女儿读睡前唐诗：

“春种 ·粒粟，秋收万颗子。

四海无闲田，农夫犹饿死。”

我读一句，她跟一句，奶声奶气，节奏缓慢。遇到她吐字不清的句子，我就重复一遍，她接着跟读一遍。

读完后，我把这首诗简单地给她翻译了一下，用她的话说，是“讲故事”：春天，农民伯伯播种下一粒粒种子，等到了秋天，就可以收获很多粮食了。虽然天下没有一块荒地，但是仍然有农民伯伯被活活饿死。

她听完“故事”，问我：“农民伯伯播种下种子了，为什么他们还是被活活饿死了呢？”表情认真而严肃，眼睛一眨不眨地盯着我，仿佛得不到答案，就不会罢休一样。

是的，在她5岁的认知里，“播种”=“结果”=“收获”=“丰衣足食”，她理解不了，为什么播种结果后，他们还会被饿死？

于是，我用通俗的语言，给她讲了统治阶级的剥削、国家税收政策的多变，导致了“四海无闲田，农夫犹饿死”的结果。

她满意了，闭上眼睛睡去。我舍不得离开，坐在床头看了她很久。暖黄色的灯光里，她小脸粉嫩，呼吸均匀，周身散发着娃娃的奶香。

2

有多久不曾如此看过她？

她满 1 岁后，我把她交给她奶奶带，及至现在。今年的 4 月起，她奶奶生病，没有多余的精力照顾她，我才又将她“收回”，自己带。这中间的四年，我与她，相见也仅仅是在春节期间。

这四年，她有多少成长的细节，我已经错过？

她第一次拿勺子吃饭，我没看过。大概是弄得身上、桌上到处都是饭粒吧，她紧张了吗？

她第一次学穿衣服，我没看过。她分得清衣领，衣袖吗？分得清前后吗？裤管套得上吗？

她第一次上幼儿园的情形，我没看过。她是欣喜还是紧张？是期盼还是抗拒？她背着书包的小身影，踏出家门时坚强吗？

她第一次被老师批评时，第一次被表扬时；第一次和小朋友交好时，第一次闹矛盾时；第一次……我都没看过。

真的许久不曾好好陪伴她，不曾参与她的成长。在她生命的最初的步伐中，无论是踉踉跄跄的还是开开心心的，我都没有牵引过、体悟过。

3

邻居大姐的儿子在另一个城市上大学，早在放暑假的前一周，大姐就开始了迎接儿子回家的准备工作：房间彻底清洁打扫，各种装饰全是儿子喜欢的色系和格调；赶早市采买各种新鲜食材塞满冰箱，只等时机到就开始煎炒烹炸……

大姐对我说，儿子半年回一次家，真想他啊。可是等他回来了，打开门，一声“妈”，喊得她冲过去，想抱，却没好意思。

是啊，她听他讲学校见闻，和同学调侃；看他组织同学聚会，出门K歌；看他关上卧室的门……

她知道，她再也不是他的全世界，他再也不是她怀里那个，小小的娃娃。

她看着他慢慢长大，初有了男子汉的气魄，也有了担当。她开心，又失落。

4

那种开心和失落交织的复杂心情，也在等着我吗？

总有一天，我那个软软糯糯的，小小的娃娃，也会长成独当一面的大人。

她会自己出门，去任何她想去的地方，不再做我的跟屁虫；

她受了委屈，会自己解决，不再眼泪汪汪地求助于我；

她会恋爱，会为一个男孩子脸红心跳，少女情怀写成诗，本子却上锁；

她会等到守护她的那个人，两个人肩并肩，共担风雨，同赏彩虹。

而我，也不再好意思抱她、亲她，甚至不再坦然地说想她、爱她。我不能羁绊她，我将放飞她，用温暖的目光在她身后目送她，遥望她。

5

所以，且让我，现在好好地爱她。

趁她还会缠着我问十万个为什么，趁她无论开心还是委屈，都会扑进我怀里，趁她还愿意跟我分享心事，趁她还会在我睡着后，偷偷亲我。

趁她，还当我是全世界，我要撑起她的全世界。

我要做她爱的食物，精心进行营养搭配；我要和她一起洗澡，哪怕肥皂泡泡满地。

我要在春天带她去看百花齐放，赏桃红柳绿；我要在秋天带她去收集落叶，感受生命的静美。

更重要的，我要多看书，不能停止学习，以应对她的十万个为什么，让她在日后想起，她有个令她骄傲的妈妈。

时光无言，如此这般。

我盼她长大，又怕她长大。

我怕这亲密无间的时光，我稍一懈怠，就一去不复返。

我要打起十二万分的精神，与她共度。

所有的结束和离开，都是有迹可循的

1

你有没有遇到过这样的情况：上周还在微信互道晚安的朋友，不知什么时候就悄悄拉黑了你；前天还在煲电话粥畅谈未来的同学，忽然说别再联系；昨天跟你撒娇说要生日礼物的女朋友，突然说累了，要分手……

生活不是戏剧，也不是小说，原本不需要这么多矛盾冲突来推进情节，但为什么你自认为做好了一切，却突然遭遇这么多“惊喜”？

其实，所有的结束和离开，都是有迹可循的。

2

去年年初我在财务部工作时，碰到一件很有意思的事情。

销售部一位工作了六年的助理小朱突然辞职，任谁劝都没用，走得干净利落、坚决无比。为了尽快恢复秩序，公司只得加快速度招人。招聘那天我也一同去了人才市场，没想到碰到了正在找工作的小朱。我很不解，一般来说，只有早已找好下家的人，辞职时才会走得这么果断，她显然不是，这是什么情况？

像是看出了我的疑惑，她对我解释道："林姐，我这么坚决要走，不是对工资、福利不满意，其实都是一些小事。"

在她的讲述里，我看到了她的上司——销售部经理"为人处世"的另一面：生病了，她想请假，上司不批，只说，既然还有力气说话，说明不太严重，就当照顾你，你今天就在公司里做做数据统计吧，不用出外勤了；奶奶去世，她强忍住悲痛处理完工作，午休时躲在工位上偷偷哭，上司看见之后问清楚原委，只点了点头，然后下午还是安排她开车去机场接客户；部门聚餐，她加班整理季度总结没法去，同事们吃吃喝喝到凌晨，没有一个人记得给她打包，事后有人解释，是经理不让，说给她带食物，会影响她的工作效率。

是的，都是小事，一件件都微不足道。但正是这些细节，让她寒了心，萌生去意。

我们都说工作是工作，职场不讲感情，只讲效益，但我们毕竟不是机器人，都有血有肉，效益之外的那份"人情"，同样需要用心去维系。我尽心尽力工作，是为了那一份薪水，但经年累月的共处里，还是会生出一份情谊。你呢？有没有站在我的立场上，为我着想哪怕一点点？

3

大学时，我见证了一对好闺密小路和小胡，从无话不说，到形同路人。

小路性格开朗外向，吃喝玩乐样样精通；小胡文静内向，只对读书感兴趣，大概是性格互补，所以两个人相互吸引，大家经常能看到，小路带着小胡逛街购物，小胡带着小路看书写作业。

她们的决裂来得很突然，也很彻底，相互不再说任何一句话，在宿舍里俨然井水不犯河水。

我们不明就里，自然也不好劝解，直到有一天，内向的小胡承受不住压力，找我倾诉，我才明白了她们的嫌隙从何而来。

小路生日，小胡提前一个月织了一副手套，小路收下后戴了一次就摘下了，嫌弃样式不够新潮，而小胡的生日，小路压根儿不记得是在 10 月还是在 12 月；小路某项考试不及格，小胡根据她的基础，连夜整理出一份深入浅出的笔记、书单，想让她补考一次性通过，而小胡报考某个证书以 1 分之差败北，小路丝毫没有察觉到她的难过，照常拉着她泡吧；小路失恋，小胡陪着她去男生的学校转悠，希望小路远远地看着那个爱过的人，能消除一些痛苦；而小胡生病，小路连热水都没有帮忙打过一次。

两年的同进同出，两年的“闺密”情，其实时间不算短。但小路对小胡，没有发自内心的尊重、关心、了解，这份在付出上不对等的友谊，离“真心实意”相差十万八千里，所以，有人离开实属意料之中。

我对你坦诚又热烈，尽力又用心，可你，一直离我那么远，生活上不曾扶持我，精神上没有关照我，心理上也未曾体贴我。这条青春单行道，如果有缘同行，我不希望以我之卑微，换你之敷衍。

你可以潇洒前行，我或居你左右，或稍落你后，但撑起伞遮风挡雨的，不能一直是我。

4

回想起来，生活中很多很多的失落失望、伤心伤害，其实都来自那些小小的疏忽。你以为的云淡风轻、无伤大雅，却是我的静水流深、情绪滔滔。

我们的情谊就像千里河堤，彼时大家用信任、真诚、勇气以及担当来一点一点浇筑，后来，你倦怠了、疏忽了，一点一点削减用心和耐心，伤害如细小的蝼蚁，在天长日久的积累里，一厘米一厘米地腐蚀了堤岸，直至崩塌，直至积怨已久，而我们，结束也就在一念之间。

我们曾经说了永远，许了来世，但，感情再坚固如铁，如果有了轻慢，如果不加以维护和维系，也终将如履薄冰，这世间本就没有什么是永垂不朽的。

请记得，所有的得到，是苦心经营，所有的失去，非一日之功。

背影，诉说着父亲沉重的爱

1

遥记年少时，校园里书声琅琅、蝉鸣阵阵；雨后的彩虹弯弯地斜挂，蜻蜓旋着身子在窗前停落；少男少女闲坐在青青草地，看夕阳吻晚霞、清风卧山岗。

在如此不知愁滋味的年纪里，一篇亲情散文《背影》读下来，只觉得那是一个不自量力的胖子无视交通规则、擅自攀爬铁轨的尴尬故事。

不见得是什么好东西吧？寻常的橘子而已，且又是在物价高昂的车站，何苦为了它拖着不灵便的身体爬上爬下？——在当时的少年心性里，除了情绪上被作者引领着产生了感动，便再无其他。

如今，在凡事都只能靠一己之力去应对的中年时期，才终于懂得了文中之意。

2

那小小的“橘子”，其实只是媒介，那来来去去的忙碌和张罗，那缩手缩脚的举动，表面上，是老年人自以为是的顽固做派，内里其实是一个被称作“父亲”的男人，笨拙的表达。

他在借橘子诉说他的不舍。儿子此番北上求学，两两相隔的距离，是千万里山长水远的地理距离，是千万张形形色色的面孔，嬉笑怒骂、虚与委蛇里的炎凉，他不舍得儿子用单薄的肩膀去承受；

他在借橘子诉说他的牵挂。无论他乡是雨雪风霜，还是风和日丽，他都会担心，担心那个年轻人，能否记得天晴带伞、天冷加衣、天黑早归？琐碎生活的本来面目里，他牵挂儿子能否永远岁月静好。

那个顶了“父亲”头衔的男人，他买橘子，他爬上爬下，他在拉扯时钟的指针，他在为晚一点分离找借口。

这一切，作者朱自清当年已然懂得，所以，他才会涕泪俱下，才会肝肠寸断。而我们这群当年的少年，会在什么时候，才能真正读懂那篇文章？

3

彼时年少，不惜光阴，不懂真心，有对不自由的嫌弃，有对被父母师长束缚的埋怨。后来，我们看到花落叶零、雁飞鸟离，为赋新词强说愁之余，慢慢地、慢慢地体会到了世事的艰难。

披风踏雪、栉霜沐露里，我们所有的奔波，都只为“生计”二字。

此时，我们还是有怨，怨时光太快，快得自己还没准备好，生活里的刀枪剑戟就扑面而来；我们还恨，恨世间情薄，明明已用尽力气，它仍然对我们吝啬笑颜。

独步踏月行，有泪湿脸庞；午夜梦回时，重又念亲恩。

《背影》，从读不太懂到读懂，用了整整一个少年时代。

等到我们毕业、成家之后，我们越来越习惯于自己的平凡乃至平庸，也越来越多地对生活有了妥协。此时，父母渐老，亲恩仍在，我们一边埋头赶路，一边抬头看天，此时，曾经的琴棋书画诗酒花，统统一键替换，换成了柴米油盐酱醋茶。

4

心怀疲倦、心有不甘、力有不敌时，我们便想回头看看身后，是否有人在给我们托底——而这人，潜意识里是父亲。

像那童年的单车，他载着前行，我们安于后座，收获一路羡慕的目光；像那登山的梯子，他早早架好，我们笃定安心地抬腿，拓开一片更高的视野；像那拉车的黄牛，他默默引领，我们紧随其后，走出一段平川之地。

我们一直被他保护着，甘居幕后、甘于奉献、甘作依仗是他的名片。

人到中年，我们的人生已行至半局。在孤孤单单里，早起睁眼，便满目皆是要依靠我们的人，而我们，也想有人可以依靠。

我们不曾啼哭和号泣，但仍希冀，有人在我们稍有松懈时，备上纸巾，就像那年的车站，有人为朱自清买来他也许并不青睐的橘子。

5

冰心说：父爱是沉默的，如果你感觉到了，那就不是父爱了。

是啊，无论是解读《背影》，还是体察现实，我们都会发现，父亲的爱，从来都是无法轻易说出来的。

比如朋友跟我说，上大学时她老爸送她去学校报到，当他看到宿舍没有空调时，回家后整整念叨了一个月；再比如我闺密远嫁之后，她的父亲一直和家里人说，她性格不好，嫁这么远会不会被人欺负而没“帮手”……

这些担忧，爸爸们从未当着孩子的面提过一个字。坦白说，我当年不甚明了，如今自己做了大人，感同身受之后，才知道他宣之于口的，是平常的唠叨，他咽下去的，是深沉的爱。

李宗盛在那首写给父亲的《新写的旧歌》里唱：“有幸运的，成为知己；有不幸的，只能是甲乙。”

而我想说：爸、妈，今生，无论是知己还是甲乙，随它去吧，来生，我还做你们的孩子，可好？

行动永远比形式更重要

1

2018年大年初一，一幅图以刷屏之势霸占了朋友圈，大家都编辑了孝心满满的文案转发：转了这张图，将会把妈妈身上所有的疾病带走。

其实，图片很普通：左上角是一个慈眉善目的“菩萨”，右下角是一位白衣束发人士，中间是一盏烛光，后者对着前者虔诚跪拜，似在低头祈祷。

在转发之势越来越旺时，图片的原创作者“正月插画师”被惊动并出来辟谣：很讨厌迷信，只是想画一个很虔诚地在烛光前念经的古人，没有任何寓意。

原来，由图片衍生出来的“保平安”“保健康”“发大财”的心理诉求，只不过是众多网友一厢情愿的解读。

诚然，网友的出发点是好的，但依托网络平台进行“问候”“祈福”“祝福”等等，怎么看，都有一种虚无缥缈之感。

你隔空传送的情谊，且不说他们能否看到，即便看到了，也不过是“聊胜于无”的无奈宽慰而已。与其让问候和祝福徒有其表，不如抽空回趟家，认真看看爸爸鬓间的白发、妈妈眼角的皱纹，然后陪着他们，在家门前的那条小路上，边走边唠唠家常。

当然，身为子女，我们或工作忙碌，或生性含蓄不善于表达，以致对父母的孝心难以兼顾、羞于启齿，但如果有机会，还请以实际行动表达对长辈的“爱”。

毕竟，你在网上尽的孝，你妈并不知道。

2

年龄越大，越会用审视的眼光看待一切“形式”上的东西。

你说你爱我，每天在微信上说“多喝开水”，就是你爱意的表达吗？你说想念老朋友了，于是在朋友圈发布了一张毕业照，这就是你的心意吗？

对不起，这种浮于表面的爱情和友情，我感受不到，也不想要。我想要的，是实实在在的行动。

《诗经·卫风·氓》中的男子“氓”，为了接近心仪的女子，怀抱布匹来换丝；李碧华《胭脂扣》中的十二少，取悦佳人的物件，除了花笺、情书，还有一副“如梦如幻月，若即若离花”的对联花牌，以及胭脂匣子、珠宝玉石等，后来，索性是一张名贵铜床；李宗盛更是有一首《漂洋过海来看你》，道尽了深陷爱河的人，跋山涉水、独行千里会见恋人的浓浓情意……

是的，动动嘴皮子、敲敲键盘，如此表达“爱”，那是很容易做到的，真正难的部分，是把“爱”接地气地表达出来，表现在日常的小事中。

说爱我的恋人，请记得我的生理期到访日，然后备好红糖水、暖宝宝，并承包一切与凉水打交道的家务；说想我的朋友，请买好最近一班的机票或者火车票，带上我们共同喜欢的小零食，带上我在你的城市看上的那只公仔熊，风驰电掣来找我吧。

在情感越来越快餐化，越来越虚实变幻、真假相掺时，我想用眼睛去看你如何“做”，而不是用耳朵听你如何“说”。

3

既然“做”比“说”重要，那如果只“说”不“做”呢？

在民营企业做销售总监的好友燕子，前几天跟我大吐苦水：

让下属自行安排时间完成一个汇总，他拖拖拉拉干到晚上9点半，临了，发了一张夜深天黑的照片在朋友圈，并配文：终于把老大要的东西做好啦，累并快乐着……

让实习生去机场接一个外地客户，她睡过了头，到机场接到客户后，发了一张满头大汗、风尘仆仆的自拍在朋友圈，配文：为了客户，为了大单，我也是拼了……

隐藏掉自己的懒散、无规划、低效率等等问题，只展现出“冲刺”的高光时刻，给谁看呢？如此自我欺骗、自我感动之下，麻痹的是自己的神经，毁掉的是自我审视与觉醒。

这让我想起一句话：你所有的努力，都在朋友圈。

大年初七，你发一条朋友圈：开工大吉，新的一年，新的开始！——其实你明明躺在出租屋的床上打游戏，茶几上还残留着吃剩的家乡土特产；每个月的第一天，你都会找一张文艺图片，配文：X月请对我好一点，然后发在朋友圈。——这话你上个月也说过，而且，那三十天无例外仍是被电视剧、聚餐、淘宝等等填充。

你在现实中过得如此颓废暗淡，你在朋友圈却如此奋勇上进，哪个是真的你，哪个又是假的？

4

鲁文·达里奥讲过一个预言，故事说的是伊甸园里，有一株最美丽的玫瑰，有一天魔鬼对她说：“你的确很美，不过……你没有用。你看看对生灵有所贡献的大树，玫瑰啊，光有美丽是不够的……”

于是玫瑰受了诱惑，一心想变得有用。她去请求上帝：“您能把我变得有用吗？”

上帝回答道：“如你所愿，我的孩子。”

就这样，世界上有了第一颗卷心菜。

倘若给那些“微信示爱”“口头励志”“转发式尽孝”一个恰当的比喻，大概是可以把它们比作“玫瑰”的吧，如此娇艳夺目、芬芳扑鼻，不知内情的四乡八邻，远观可沐浴花香，近瞧则是一场视觉盛宴，要论性价比，舍它取谁？

只是，这株玫瑰，有什么用呢？

你字符间的浓烈，不及感冒时端到我手边的清粥；生命的漫长天光，我还是希望有人在我的枕畔陪我细看，而不是遥隔天边，凭借电波寻找相同的频率。

你口号喊得震天响，不及踏踏实实坐下来，多做几个客户分析，对比一下自家产品与对手产品的优劣，这“笨”功夫，才是稳步提高业绩的依托。

你朋友圈的拳拳之心，不及安排好工作，多打几个电话，多回几趟家。父母鬓间的霜、发间的雪，一旦开始就无法停下，但你可以选择给他们擦擦思念儿女的泪。

我们来这世上一遭，总得做点什么，留下点什么，宣告我们切切实实地存在过：如果可以并肩，请不要遥望；如果能够帮妈妈刷碗，请不要只是在朋友圈祈福。

可有一通电话，换你半晚安睡？

1

高中时代第一次读作家叶倾城的《叫妈妈来听电话》，我就深深地被作者折服了。

全文 709 个字，有场景，有对话，有人物形象，有家长里短，有千里牵挂，有血肉情深。

这篇文章其实是作者在公用电话亭，不小心“旁听”到一个中年男人的通话内容之后临时所写的，但那种利落不做作的遣词造句、兴之所至的行文结构以及准确的标点符号运用，无不展现了她的功底。

时隔多年后重读这篇文章，除了再次感叹敬佩作者的才情，更多的，是被文中的“情”融化了内心。

那“情”，表面是一个既孝敬老人，又对孩子严格要求的中年男子，对家人满满的爱，表面上我们看到的是尊敬、挂念、希望，内里却是暖意横生、温情切切的抚慰。

这尘世，任你是面若桃花、心深似海，还是眼中带泪、心底有霜，总会有那么一刻，在被生活的琐屑压榨之后，有“软弱”从旁逸出。在你软弱的时候，可有一通电话，将你抚慰？

2

仍然记得毕业离校那天，我揣上各种证书去广州。火车还没开出一公里，我的眼泪就哗哗直掉，心想着，这就毕业了吗？明明感觉入学那天的日子还近在眼前呀。

在我边掉泪边脑洞大开，祈祷时间和火车都“倒带”的时候，我的蓝色的诺基亚响了，短信一条接一条。

小画说：“我往你邮箱发了一首歌，到了再听，毕业快乐。”

古古说：“在广州要好好的，过得不好就回来，我在武汉等你。”

小欧说：“这四年我请你吃了多少早饭啊，以后去广州找你，要记得请我吃饭哦。”

眼泪一直在掉，手机一直在响。旁人惊异地看着我，我当没看见，也不在意。

大概，在每个重要的时间渡口，都会有一些平日被安放好的情绪，比如留恋，比如不舍，肆意冲撞着跑出来，不分场合，无可节制。

当年的“时间渡口”，叫青春；当年那些经由手机传达的安慰，叫“友情”。

3

曾在地铁上看到，有男孩对着手机怒吼：“分手就分手，老子离了你，照样潇潇洒洒。”

语气强硬、用词坚定，一改昔日的温柔有加、深情款款。却在合上手机后，泪落如雨、泣不成声。

也曾在身边看到，有女孩主动给暗恋的男孩拨去了“破冰”电话：“昨天有你们那里区号（归属地）的号码打我电话，是你换号码了吗？”

于套路中用了小心思。这份“邀约”，如果男孩能回应，那自然是美满；若不能，女孩也了无遗憾。

我自己也曾被电话“拯救”。那是刚刚毕业时，试用期令人窒息，常常深夜不眠。有朋友自遥远的城市打来，文学的，生活的，宏大的，细碎的，无论什么都聊。

什么叫“时间如流沙”，我那时才懂。

这世界的万般尘事、千般好，不都是以我们熟知的面目出现：怒吼的背后是希望她早日放下、重生；套路的背后是勇气和认真；闲聊的背后是陪伴和鼓励。

4

想起了大二那年的商业实践课，老师要求我们写一篇策划书，自选产品，然后对它进行市场定位、精准宣传，以提升

“知名度、美誉度”，提高交易率。

因为知道 80% 的人会选手机，为了不和别人雷同，我选的是“小灵通”——其实这东西在那时候已经在慢慢退出市场，但我为了脱颖而出，只能另辟蹊径。

我当时选定的目标客户是在校学生群体，写的广告语是“打多了不头痛，打久了不心疼”。前半句，是说小灵通辐射性弱，后半句，是说它资费便宜。这两个特点，在我当时有限的认知里，是非常有优势的，我以为这些条件是可以把手机比下去的。

然而今天来看，从选“小灵通”的那一刻起，我就错了，因为，真正想和你聊天的人，总有办法找到你，QQ、微信、邮箱等等，任何社交平台都快捷方便，几乎不存在安全、资费等方面的烦恼。正如这句话所说：想送你回家的人，东南西北都顺路，想见你的人，二十四小时候都有空。

5

有段时间，我感觉我走到了某个路口，不知道接下来前进的方向，不由生出很多很多困扰。说与人听时，被送三个字：想多了。这三个字，让我生生打住了倾诉的欲望，继续放任“思考”这匹马在理想和现实、情怀和底线中左冲右突，而不得解决之法。

不得方向、不得出口、不得结果。大概前段时间得了太多好运、太多热闹，所以现在我只能独坐斗室、独自取暖、独自假设。

我“敲门”，没人开门；我折回来静候，也没有一段信息、一通电话前来“营救”。

我知道每个人都不可能真正懂得另外一个人，我也明白人生在世，生来孤独，我更了解，所有向上的路，都得自己选、自己走。

但我仍然希望，我所有的朋友，在软弱的时候，能被抚慰，能拥有酣睡。因为，人生不如意十之八九，爱为一二。而正是这些一二，才撑着我们熬过那些八九。

朋友，一朝相遇，即是一生

1

一直很喜欢臧天朔的那首《朋友》。简单的歌词，简单的曲调，经臧天朔粗犷的声线演绎，真诚朴实，一往情深。

一开口，既是追问，也是嘱咐：

朋友啊朋友 你可曾想起了我

如果你正享受幸福 请你忘记我

朋友啊朋友 你可曾记起了我

如果你正承受不幸 请你告诉我

……

如果你有新的 你有新的彼岸

请你离开我 离开我”

仅是看歌词，我们可以看到，这是友情的最高境界和理想国度：我在原地，去怀念你；快乐时你大可尽兴，难过时记得找我。

多么美好，一如陈年老酒，入口即醉千年。正如歌曲MV中说的：我——可以什么都没有，我——不能没有朋友。

阿根廷作家博尔赫斯说：“友情是两人彼此生命之树的叶子，就像和平、爱与健康一样重要，两个灵魂不会偶然相遇。”

那么，你的生命中，都遇见过哪些朋友呢？

2

从“为赋新词强说愁”的青春岁月，到如今的中年，我的生命中，有过好几位朋友。

小景是闺密，是我初中时代的同班同学，我们一起逃课，一起给看不顺眼的男生取外号，天冷时她给我织围巾，失恋了我替她去找“负心”的男生理论；

小吴是在学校文学社团认识的，是学弟，我们两人常常交换练笔的文章看，不同于现如今的“商业吹捧”，那个时候，我们对对方都有发自内心的欣赏；

阿华听说我地理学得一塌糊涂，在放月假的例行相聚时，痛心疾首地给我传授他的“应试技巧”；

佳佳，是知己。写得一首好字、好文，解起理科压轴题时，快、准、稳得令人发指；我对这种聪明的女生完全没有抵抗力，牢牢被吸引住。

倩倩是我的大学同学，武汉姑娘，聪明、善良，我从心底里喜欢。

……

后来？

后来，上面说的这些朋友，有的回到自己的城市，高考、工作、生活；有的上了军校，在驻地结婚生子；有的毕业后留在武汉，已为人母；有的拿着令人咂舌的年薪，马不停蹄地赚着钱。

……

总之，大家来来往往，随风飘散，没有哪一个人，现在仍是常伴身边的。

3

不用说，对于这些人，我是心怀感恩的。

生命中那些朋友，那些男孩女孩，都给过我陪伴，都教会我一些东西。

年少岁月里，他们纯粹、赤诚，嬉笑打闹可以随时随地，互怼互黑可以满满爱意。常常上一秒“你还能再傻点吗？”，下一秒“我跟你说，这事你得这么分析……”

那种相互之间的“懂得”，那些“知心知意”，更是让人内心柔软、温暖，让我充满力量。

还记得2011年，因为家人要做一个大手术，我作为长女，肩上的担子很重，自己的能量又不够，整个人茫然无措。

佳佳给我发来短信：“缺钱了随时告诉我，你不要着急，先保重自己要紧。”

小景在出差的火车上给我打来电话：“别慌张，找权威医生，确诊了再说，这个病，要先做病理分析的。”

倩倩在网上给我留言：“打你电话没人接，情况到底如何？我想来看看你。”

……

当时是冬天，我却觉得太阳前所未有地明亮温暖。

生活不是写小说，情定三生生死相依那是经过美化后的唯美的爱情。现实中，人与人之间最细枝末节的东西，才最见真情、最动人心弦。

有生之年，每每回首，我都会感慨：人生有友如此，真是很庆幸的一件事。

尽管可能在后来的年月里，大家南来北往，渐渐疏离。

4

黄小琥在《没那么简单》里唱：“没那么简单，就能找到聊得来的伴。”

现如今，是一切快节奏，我们也会有新的际遇，新的缘分，但是在若即若离、虚虚实实之中，有时候大家其实是看不清对方的。

他们的喜怒哀乐，他们的嬉笑怒骂，我们会附和，会跟随，但是也仅仅如此了。再往深里，却是不能、不敢的。

每个人有他的来路和不为别人所知的秘密，层层叠叠之中，是烟雾缭绕，让我们身处此山，难知彼岸，所以也只能“浮”在表面。能够轻松谈起的，只有天气。和所有半生不熟的点头之交一样，在擦肩而过时微笑致意，互相说一句“今天天气不错”。在这几个字之间，既说了“你好”，也说了“再见”。

往事匆匆如风里，我们曾站在青葱岁月的尽头，看离别摇曳生姿，看过往渐行渐远；在想要快意江湖、笑谈人生的时候，也只好看着昔日合影发呆。

那句说了很多遍的“相见亦无事，别后常忆君”，是人们美好的希冀，但能真正如此幸福的，有几人？

多的是各有去向、各奔归途。

一直很喜欢陈奕迅的那首《最佳损友》，他唱：“来年陌生的，是昨日最亲的某某。”而我更希望的是，即使陌生，仍然最亲。

感谢你们出现在我的生命中，一朝相遇，即是一生。

浮生面具三千个，无人与我共长歌

1

每一年圣诞节来临的时候，我才恍然发觉，岁末将临。独自穿过城市，陪在身边的是陌生的人群和嘈杂的味道。

想起高三那年的圣诞节，英语老师收到一个学生的问候电话后，憨厚的脸上整晚都挂着满足的笑容。那笑容，令气候不再湿冷，空气不再清冽，也令我在许多年后的今天，依然记得。

《奇葩说》里，柏邦妮问：“心里苦的人，要多少甜才能填满啊？”

马东答：“只需要一丝甜就能填满。”

你看，有的人行走江湖，是甘苦自负的，不要那么多，只要一点点。饿了，家里有一碗热饭就好；哭了，有人陪着喝酒就好；累了，有个温暖的怀抱就好。

想要的并不多，可还是没有人给。

2

王家卫的电影里，从来不说“爱”，但如果你足够细心，总会发现各种爱的蛛丝马迹。

一句“I love you”，他不说“今晚月色真美”，他说“我已经很久没有坐过摩托车了，也很久未试过这么接近一个人了，虽然我知道这条路不是很远，我知道自己不久就会下车，可是，这一分钟，我觉得好暖。”

你看，成年人的世界里，心动要表达得含蓄深沉，甚至悲伤，也是需要隐藏的。如若不然，便显得轻飘飘。

所以，当《小王子》中的小王子说，他连续看了44次日落时，你该知道，他到底在说什么。

他的星球很小，走几步就可以追上太阳；他的心很孤独，难过的时候只能看日落，无人诉衷肠。

想来，这便是：旧事无人提，故人无人念。

3

陈奕迅《孤独患者》里唱：“我不唱声嘶力竭的情歌，不表示没有心碎的时刻；我不曾摊开伤口任宰割，愈合就无人晓得。”在《他一个人》里唱：“相恋再苦，孤单更可怕。”在《与我常在》中唱：“除非你是我，才可与我常在。”

唱来唱去，音符要诠释的具象无非是：千般风景，皆为过眼云烟；万般尘缘，俱是人生过客。

人生，来去白茫茫一片，我们都是孤独的叠加，在朝来寒雨晚来风的凄清飘摇里，不如推杯换盏不醉不休，不如秋望月冬赏雪。然后感叹天光尚早，未来很远，感叹经过时间的打磨，留下的都是真的。然后，在一场大梦中辗转，见满眼山花如翡，见故人眉眼如画。

4

我想我能够明白，为什么时间过去了，你却过不去。

曾经是活泼明艳的少女，举杯邀明月，盛世共言欢。现在是穿着深色衣服的成年女子，心底无数的吐槽，张口都成了“好的”。

时光铺陈给你的底色，是穿越由人构成的“沙漠”和“海洋”时的沉默。

你开始信奉“与君淡如水，千杯也不醉”，开始真正理解了王勃的“关山难越，谁悲失路之人？萍水相逢，尽是他乡之客”。

人世冷暖，如盲人摸象，永远无法得知其全貌，你只能用所有的真诚和勇气来探究它的虚实。

你终究会一个人走完所有的路，已经不知道还可以对谁抱有期待。

你知道的，相识的人越来越多，知己却越来越少，际遇带来的是惊喜，却没有改变你的孤独。

你也知道，人是无法长期相处的生物，因为我们心底里住着“魔鬼”。热烈后平淡，厌倦后挑剔，争执后冷漠，最后终于来到那扇必经的大门前。有人踌躇不前，有人一拍两散，只有很少的人坚定地穿行而过。

能一起走到最后的人，他们也并不特别，只是在其他人被魔鬼的歌声笼罩时，他们捂上耳朵，直视着远方辽阔的地平线，坚定地向前走去。

而我们要做的，是在万千个灵魂中只看到他在闪着光。这，才是告别和失去的意义。

愿你诗酒趁年华

1

午饭时喝了一杯酒，是雪碧加红酒兑成的。雪碧是冰冻过的，凉而甜；而红酒，深红色的酒液散发着黑色浆果的味道，带出一丝丝的烟草香。两相勾兑，舌头触感不错。

饭后就觉得身体软软的，暖暖的，是酒的后劲吗？不太清楚，索性不管不顾，趁势睡了一小会儿。醒来后颇觉通体舒坦、浑身轻盈，不由生出生活美好、温柔且从容的感觉。这感觉真好。

不由想到，前人（古人）们对酒的感受和体会，和我这生于钢筋水泥的都市丛林中人，有什么不一样吗？

2

“但愿老死花酒间，不愿鞠躬车马前。”

这是明朝唐寅快活的“归园田居”图。他不恋富不攀贵，世人笑他疯癫，他笑世人看不穿。现代人欲望太多，要名利，要金钱，终究是无法做如此“神仙”的。

“落花踏尽游何处，笑入胡姬酒肆中。”

这是李白的洒脱不羁的生活写照。他游玩于金饰市场的东部，骑着白马得意洋洋，马蹄踏得落花飞扬也不曾停歇。他要去哪里呢？当然是去喝酒啊。有钱人的潇洒，是古已有之，还是只有今天才有？古已有之。

“晚来天欲雪，能饮一杯无？”

这是白居易在喝酒暖身。天冷雪落，烹肴热酒，约吗？当然是约约约啊。三两知己，围炉而坐，你方言罢，我即开腔，人情冷暖，世事流转，都是入酒话题。酒毕，去除一身疲惫，明天又是新的一天。

“开轩面场圃，把酒话桑麻。”

这是孟浩然应邀到一位农村老朋友家做客。在淳朴自然的田园风光里，大家谈论播种多少，收成几何。主客举杯饮酒，满席欢乐，遍地笑声。这大概是古时读书人（或许今人也一样）“换脑子”的一种方法，从熟悉的地方跑开，会客访友，是放松，也是增进感情。

“人生如梦，一樽还酹江月。”

这是苏轼在慨叹。既然人间世事仿佛一梦，何妨将樽中之酒洒落在江心明月的倒影之中，摆脱苦闷？词作大气磅礴，意境高远、开阔、旷达，正如我们今天所提倡的，消极悲观不是人生的真谛，超脱飞扬才是生命的颂歌。

“一场愁梦酒醒时，斜阳却照深深院。”

这是晏殊在抒发苦闷。一腔愁绪以酒为寄，酒醒后，惟余一抹斜阳孤照深院，叙惜春之情，抑或是叹生命流逝？留给万千后人去玩味了。这也如现时的我们，对落花流泪，对流水感叹，伤春悲秋是常事。

“昨夜雨疏风骤，浓睡不消残酒。”

这是李清照在借酒浇愁。头天晚上天气恶劣，想借酒消愁又因过量而沉沉睡去。今天早晨又情绪低落。凡人如你我，大概也有这么一个时候，心情不好了，想念朋友了，如果再恰好碰上天气阴沉，风雨如晦，那么情绪就酝酿开了。

“醉里挑灯看剑，梦回吹角连营。”

这是辛弃疾在追忆军旅生活。敌我交战、战马奔腾、剑声如雷，醉着的豪情、梦着的壮志，都在这浪漫主义的豪情里了。这首词我非常喜欢，多读几遍，仿佛能看到逝去的青春岁月，“指点江山，激扬文字，粪土当年万户侯”豪情勃发已不复再有。

你看，古人们的人生，有诗有酒有理想，亦狂亦侠亦温文。

3

在现如今的时代，酒，通常是媒介，借以远离现实，忘却一切，所谓“万丈红尘三杯酒”是也。

有人说，找一个对你知冷知热的人，很重要；有人说，找一个视野开阔阅历丰富的人，很重要。但其实，找一个愿意真正和你聊天的人，很重要，甚至更重要。

每当愉快地聊天时，就会少不了放松身心，也少不了口舌享受。那么，酒，就是最好的催化剂，晶莹剔透，淡淡醇香，感受了美好时光，感情，就在推杯换盏中不断升华。

当三五知己，菜过五味，酒过三巡，气氛开始暖起来。有人抽着烟说着话，有人默然吃菜。回忆着年华旧梦也好，希冀着来日尊贵也罢，牢骚与雄心齐飞，夸夸其谈，欢喜热闹。

——到这时，种种坎坷、一身苦楚，都化作洁净的白莲花了，大家能感受到的，只有人世温情的可爱，大有“放下屠刀、立地成佛”的境味了。

所以，我亲爱的朋友啊，当青春正张扬着头也不回，当杯子碰到一起，尚未有梦破碎的声音，且让我们，停筷举杯，诗酒趁年华。

原来旧知己，做不了老友

1

傍晚，6：30，夕阳挂在天边，林荫道上人来人往，神色是结束一天功课的轻松；广播站内，我安坐桌前，案头稿件尺厚，拇指与食指翻飞，为今晚的广播挑选合适的稿件。

二十分钟过去，仍然没有收获，正焦头烂额时，涂涂推门进来。

那是我第一次见他，苍白的脸，但眉目清秀；瘦胳膊瘦腿，本就不合身的衣服挂在身上晃荡。经年之后我再回想，若他是女子，定是纤弱佳人一个，但他是男生，就只能说是弱不禁风了。

他进来坐下，也不招呼我，直接拿过我手上的稿子翻看。

你是XXX吗？我问，他不自我介绍，总得有人先打破沉默。先前有老师跟我讲过，总编除我以外，还有一人，是X班的XXX。我听到那个名字的时候，非常惊奇，毕竟他在优质班，毕竟他因文笔已负盛名，全校皆有耳闻。

他这才意识到我的存在，抬头寒暄。同我一样，他也迟疑着叫出了我的名字。

“这个，放在学习园地栏目；这个，放在轻松驿站栏目；这个，放在文学天地栏目……”他三下五除二，就做了甄选。我拿过来观看，内容尚可，与栏目匹配度也高。

一个是寡言的少年，一个是话不多的少女，就这样算是相识了。

2

虽说是相识了，但也只知他不是那言语热情的人，平常并没有太多交流，好在大家都是学生，课业繁忙，何况这个也算不得缺点，所以并无大的影响。

但我很快就见到了他的另一面：敢于仗义执言。

适逢国家法定假日，如元旦、清明、中秋等，学校都会搞个征文大赛，全员参与投稿，择优录用，然后把选中的名单张贴在教学楼显眼处。是丰富校园生活的一项活动，也能锻炼学生文笔。

这一年的五四青年节又到了，照例是征文，我投稿两篇。某日经过教学楼才发现，一篇署的是我的名字，另一篇，是一个我不认识的人的名字。但那文章是我写的，确认无疑。

愤怒无比、生气非常的我，堵住了正好路过的班主任。我边哭边质问，引来很多同学，其中就有他。

“老师，从风格看，这个确实是XXX（指我）的文章，会不会是哪个环节弄错了？”他在一众沉默的围观者中发问，声音是我所未听过的响亮。

“因为热爱才写，因为支持老师的工作才积极参加征文。这么多文章要审核，工作量比较大，有些纰漏在所难免。”他见班主任没有说话，又加了一句，言辞缓和但坚定。“老师，这次征文是学校团委发起的吧？我想以宣传部的名义，问问团委老师事情的经过，你看可以不？”他见班主任不表态，使出了“杀手锏”。

……

后来的结果是，经他找了团委老师之后，原署名撤销，换上了我的名字。重新夺回“署名权”的我对他不得不刮目相看，我没想到平常一个话那么少，而又与我交集不多的人，愿意这般为我出头，问他原因，他只淡淡地说：“每个喜欢写作的人，文章是他的孩子。”

3

后来我毕业，去了另外一个镇上高中。低我一届的他，还是在那所有个小小广播站的学校，努力着他的初三。

间或通信，现实中寡言的他，信中却是少年意气，挥斥方遒的样子。他是学霸，本身也有那样的自信，所以不觉得是自狂自大。

毕业后他本该去重点高中，但他选择了另一所在学费上对高分学生有优惠的学校。这在今天看来，是高分低就，是自降身价。当然我也是在后来才知道，这是迫不得已，是屈服现实——他家境堪忧，已经是十多年无法改变的事实。

也难怪，他的衣服总不合身；

也难怪，他的面色一直苍白；

也难怪，他如此刻苦，如此拼命；

也难怪，他那么寡言，那么酷。

人常说“莫欺少年穷”，却没有人说，请怜读书郎。

因为在经济状况上矮人一截，他努力去获取作为一个学生的立身之本——成绩。平日里的心酸和窘迫，藏在无人角落就好了；深夜有没有掉泪，有没有辗转反侧难以入睡，谁在乎呢？

今时回望，假如能隔空问候，我已不忍再提当年。

4

后来的后来，迫于课业紧张，大家的联络渐渐少了。我上大学后，人人网流行，我用了各种方法搜他的信息，都无果。

他的消息仿佛是石沉大海，鸟飞天空。

这么多年，我们再无联络，他也无任何音讯。

故事说到这里，你觉得我在讲什么？

当然不是爱情。是同窗之谊，是文友之情。

对优秀之人（无论普世价值下的“优秀”，还是非普世价值下的“优秀”），我都视之为瑰宝，不忍错过。我通过各种方式，与他们产生关联。但还是禁不住时间的洪流，它冲过来，散开我们。

被生活推着走？命运改变邂逅？位置变了，各有队友？也是，也都不是。

渐行渐远渐无书的时空交错里，生活在走，我们也在走，各有际遇就挥挥手，下一个路口也许再有逗留，那时我们再开心来饮酒。

在相知相惜时，珍视这份不易；在知交零落时，不灭那份记忆。

足够。

我如此敏感，只不过是想要被你偏爱

1

我常常能看到别人留意不到的东西。

我看到热恋期的小情侣，在路上行走时，男生在前，时不时停下来等，脸上是微微的不耐烦，女生在后，高跟鞋磨痛了脚后跟，皱着眉亦步亦趋，小碎步向前，有想尽力追上却不得其力的无奈；我看到中年夫妻，在私房菜馆里相对而坐，他们各洗各的餐具、各夹各的菜，眼睛有对视，眼神没有交流；我看到情同姐妹的闺密，拍照时相互推挤，为抢一个好位置、好角度甚至起了小小争执……

我看过他们的微表情、动作之后，在心里暗暗断言：快结束了。十有八九能应验。

别奇怪，我不是故意作恶，要去当那拆散人的巫婆。如果稍微懂点人情世故的常识，稍微懂点心理学，你就会知道，所有的亲密关系，都是“在一起”。这可以理解为物理距离上的贴近，也可以理解为心理距离的契合。

情侣逛街，应是并肩而行；夫妻同桌，应是并排而坐；闺密拍照，应是把臂而立。——私以为，这才是亲密关系中的常态，若非如此，那就是芥蒂早生，双方都在勉强；或是一方倦怠，另一方不曾察觉。更重要的是，如果双方是这样一个状态，那他们与那些一面之缘、泛泛之交有什么两样？

人与人的关系，说到底，都是求一个“偏”字。世人千千万，姹紫嫣红遍地，我就要你偏心、偏爱、偏偏对我另眼相待，如若不，那我与甲乙丙丁又有何不同？

既是你的芸芸众生，既不曾得你“偏爱”，那我斩获天下也是虚掷终生。

终生缺憾，终生意难平。

2

要问我为什么能如此观察入微？没有别的原因，我也是个敏感的人，心下容不得点点浮尘、点点不堪、点点轻视。

根据你语气中的抑扬顿挫、用词上的褒义贬义、笑意的深浅、回应的快慢等等，我都能判断出，你是敷衍还是认真，是套路还是真诚，是言不由衷还是发乎内心。判断过后，我会对照着给出反应。私以为这样才叫有来有往、等量均衡。

于喧嚣世间行走，这种性子累己累人，终究是不好。说到底，各人有各人的世界要应付，要媚笑，要屈膝，要讨巧，奔波不得闲里，谁能做到时时刻刻明察秋毫、妥帖周全？而即使他人在感应后前来安抚，岂知那安抚，不是暂时按下焦躁、不耐后的妥协？

而，不管是平湖起浪，还是海水滔天，能时时刻刻做到洞悉我们内心的，大概也就有可能是父母了，倘若除父母外有人能做到，哪怕只做了一两次、三四秒，也是好的，也会被我们铭刻在心。等恰当时刻、合适时机，我们将全力予以丰厚的回报。

3

其实说到底，真正心如纤尘的人儿，也并不是对全世界要偏爱的。他们对那些因了缘、对了眼、入了心的人，才会生出期待。——如此说来，还是有所取舍、有所决断的，不是饥渴，不是贪心，不是欲壑难平，不是千人一面。

然而，红尘万丈，茫茫人海里，谁是谁掌心的痣？谁又是谁窗前的露水？我们的一晌贪欢，是否都能换来热酒入喉？

心细如发的我们，如含羞草般开合，即使错过了全世界的繁华，求的不过是，有一人，前来静望轻抚。

你饿不饿，我煮碗面给你吃

1

你饿不饿，要不要我煮碗面给你吃？这句话多在港剧中出现，通常是家人、朋友等从外面回来，在灯下等着的那个人会问这么一句。或者是两个人争吵之后，其中一方如此问另一方，有包容和让步的意味。

有人认为这句话体现了沟通的精髓：温柔待人。你穿风过雨归家来，我不问你赚钱几何，不诉柴米好贵，不言孩子多皮，迎上来只轻轻巧巧问一句：吃了吗？饿不饿？要不要煮碗面给你吃？又或者是，你我起了争执，你高声力陈，我竭力辩解，相持不下时，陡然忆起约法：吵架超过五分钟必须休战。于是，我们当中的一个人问另一个人："你饿了吧，我煮碗面给你吃。"

生活也就是这般，在体谅中缱绻，在宽厚中温柔。

2

谈及面食，味蕾的记忆涉及三处：武汉热干面、广州炒面、重庆小面。

大学时期，尤为喜欢食堂的热干面。看着阿姨将面条没入开水稍煮片刻，捞起，趁热气腾腾，浇上芝麻酱、小麻油、葱花、咸菜丁、酱油、味精、胡椒粉等等，即刻芬芳浓郁、香味扑鼻，入口，嚼头柔韧，让人吃得食欲大增。

毕业之后去往广州工作。那个以包容著称的城市，它可以将任何外来事物融合进自己的血液，少许改良、些微将就，如此改头换面，只为适应五湖四海各色人群。在吃食方面，如炒面，就是其中之一。将熟面入锅炒至变色，再加入各种蔬菜或肉类翻炒，淋酱油、蚝油，撒葱花、盐，出锅，装盘盛出，色泽鲜亮。

工作数年后，辗转回到重庆，接触比较多的就是重庆小面了。常常是不起眼的路边小摊，随意支起五六张桌子，走进去一声吩咐：二两素小面，多放辣椒。你且等着，看师傅往锅里丢一把水面，接着放一点叶子菜。面还在煮的这个时间段，师傅要眼疾手快地准备佐料。与馆子的简陋环境相比，佐料就讲究多了，辣椒、花椒、大蒜水、花生米、咸菜……大概要十余种吧。面煮好后和佐料拌匀，独特的香味远远飘来。

城市是有气质的，比如，北京是个“爷们”，上海是个“御姐”，广州是个“阿婆”。同样，三种面食，将三个城市的性格彰显无遗，武汉是热气腾腾，广州是包容，重庆是朴实耿直。各具特色，各有千秋。

3

虽然是用面食作为食物的代表，其实整体谈论的还是关乎“吃”的问题。中国人自古有“以食为天”的观念，开门7件事，柴米油盐酱醋茶，件件关联“吃”。所以，吃，是为大义，是为首要。

婴孩的吃，通常是繁琐又马虎不得的，营养要合理搭配，毕竟是汲取养分的重要时期，可不得荤素有度；烹煮要科学得法，是冲调还是煮食，还得因时制宜，摇篮时期，奶粉米糊自然是冲调，到渐渐大了一点，各种饭食还得单独花长时间煮烂……

婴孩的吃，是最根本的，还“吃”以本来面目和作用，就是为了饱肚果腹、汲取营养。

而成年人的，就复杂了。工作时，为了同事间联络感情，或者应酬甲方，没有什么比饭桌上的觥筹交错更能融洽气氛、拉近关系的了。这个吃的本质就变了，纯粹是社交需求。喝酒、猜拳、讲段子等等，都是饭局的标配，你不参与，就是脱离群众，就是曲高和寡，更有可能导致搞工作没人配合，订单签不下来，项目推进不了，哎，要一塌糊涂了啊。

恋爱时，和爱的人一起，那吃的是情调，是气氛，食物本身不重要。吃什么、什么时候吃、选在哪家吃、吃完之后有什么节目，这些前前后后兜兜转转，才是情侣之间吃的本质。

相信我们最爱的，还是在家里吃饭。餐厅里那一方餐桌上，饭菜简单，摆盘简单，暖黄色的灯光下，一家几口，边吃边聊，说说邻居趣事，谈谈天气冷暖。在家吃饭，吃的就是个踏实安宁，温暖静好。

4

有人说，最难风雨故人来。

而我想说，最暖的是，我结束一天的工作，满怀疲惫，挤了公交，转了地铁，回到家里，远远地，有灯光透出来，我知道有人在等我。我推开门，将自尊饱经折损的失落失意，或者指点江山的风发意气，都统统留在门外，门关上，里面将是另外一个世界。这个世界是我的港湾，它包裹我，我守护它。

卸下一身尘埃，及眼处，已是三菜一汤，香气四溢，顿时温暖横生。这一刻的幸福，用全世界来交换，我都会言辞笃定地拒绝。

……

外面的世界这么大，我们的心如此小。当我慌慌张张为了几两碎银东奔西走时，希望有人会问我，你饿不饿？然后，素手调羹汤，捧一碗热菜饭食，温暖我的胃，也温暖我的心。

我本人，明白什么都总有期限

1

林夕为吴雨霏写过一首歌，名字叫《我本人》，本文标题是其中一句歌词。

整首歌意境洒脱大气，开篇即表明："你"其实并不怎么样，只是因为记忆的美化，"我"才非常怀念眷恋你，这一切，都是因为"我"当时眼界浅才会对"你"情深意切。

第二段歌词，就更直接了："你"早已变成了闲人，此时的"我"，只不过是因为工作疲劳生病，体弱胳膊痛，所以才想到了"你"——说是想到"你"，也只是因为累了想找个肩膀靠靠而已。

某些网友认为这首歌是林夕为坚强的新时代女性发声，既阐明了她们的自强，又显示出了那种自强中的孤独。而我看到的，是结束就不要回头的干脆利落。相爱时的痴缠、腻歪以及情深义重，虽然真实厚重，但毕竟只是某个特定时期的存在，如果一朝分手，大家就各安两端吧，往事不要重提，爱意不必再议。

毕竟，大家各有去向和归途，你挡住了人山人海，别人如何边走边爱？

2

与木心先生在短诗《从前慢》中描述的那种慢悠悠的情调不同，现如今的一切，都是匆忙急促的：交通的便利拉近了我们的距离，分开时不会有“长亭更短亭”的相送，分别后也不会有“望眼欲穿”的翘首期盼。QQ、微博、微信等等社交软件完全是“即时通讯”的代名词，无论天涯海角，问个好、传个情，都是分分钟的事儿，不必“云中寄锦书”，说过的话十天半个月，才有回音。

你看，什么都快了，那么人与人，是不是就因此越来越近，越来越亲厚了呢？

其实，大家都是一种割裂的状态。

社交软件的联系人里，有90%的名字，已经不知道谁是谁了；通讯录里的电话号码，没有哪一个是随时可以拨打的。

“忙”是用得最多的，然而却是最不真实的说辞，“我需要空间，请让我独自待着”是稍微接近真实的借口，“我和你无话可说”才是无限接近的，真实的理由。

伤人吧？这泣血的事实，请默念并牢记。

每个人都有自己的骄傲和自尊，害怕拒绝，害怕伸出的手没被握住，所以，干脆就不伸手，所以，人人都坚强，人人都独立。——即便是假装，面具戴久了，谁又分得清哪个是真的自己？何况，有时候也没必要分清。也因此，造就了这样的普遍局面：我有 100 种方式找到你，但只找过你 1 次。

3

有朋友给我讲了她和一位曾经的老友的故事。

开始时，两个人你来我往，非常合拍融洽：散个步，在路旁看到一株无名小花，两个人为了弄清楚它的名字、习性，能一起查遍网络，甚至是去翻阅图书馆所有能找到的书；外出旅游，除了拍照，常常是直奔各个美食点，大快朵颐，两人口味也出奇一致；就连入学校社团，事前并无商量，却都非常有默契地选择了围棋社、辩论社……

后来呢，却慢慢变了：不再一起散步，一起出游，甚至其中有一个，还退出了社团。没有什么具体的理由，就是一个觉得，散步不如去健身房，那里有专业的教练指导；一个觉得，与其在周边城市穷游，不如等攒够钱，走得远一点，看得更多一点；退出社团，是因为发现那里并不能使人成长。

两人的交集少了，无可避免的，她们的关系也越来越淡了。两人都没错，都无可指责。很多事就是这样，时过境迁，花相同，人不再。

道理各式各样，故事翻来覆去，关于“合”，关于“分”，其实都有一个叫作“时间”的节点，它负责分割掉短暂相聚的，筛选出长久相处的。

当结束来得不可逆转，朋友，并不是我不来找你，是我没有理由找你。

4

有一段时间，微信上流行一个游戏：群发信息给所有好友，看看哪些人删除了自己。于是大家你发给我，我发给你，一时之间，这个“测试”四下蔓延、相互传染。

大家都如履薄冰、战战兢兢，担心自己被别人删除而不知，也害怕自己偷偷删了别人被发现。

大家仿佛都忘记了，之前的我们曾相携相扶：在群里共享过某本书的资源，讨论过某部电影的拍摄手法；在朋友圈点赞过对方的旅游照片，宽慰过对方发的工作吐槽……

一场测试，让大家把往日情分都忘记了，相互之间都不再体恤了。

这让我想起了电影《嫌疑人X的献身》，单身很久、在孤寂深渊中生活着的石泓，隔壁邻居的灯火、笑脸、饭菜香，成了他的救命稻草，也成了后来他“献身”的最初源头。

邻居并没有给予深情，仅仅是某个时刻的体恤，就能让他贪恋上瘾。为什么？因为匮乏。

此前的石泓，他的世界是没有光和暖的，邻居来了之后，带给了他这些，所以他单方面沦陷了，继而万劫不复。

爱、暖、眷恋、体恤等等像毛毯般柔软，包裹我们温暖我们的事物，其实都有时限，发出和发生的那一刻，享受便好，想要延期，让它长久存续，需要双方持续发力，而不是仅靠一个人单方面的奉献和牺牲。

5

鱼的记忆是七秒，未拆封的盒装牛奶，保质期通常是六个月，大米的保质期，不超过两年，稻子的保质期仅仅一年。

你看，什么都有个期限。

王家卫在《重庆森林》里说：秋刀鱼会过期，肉罐头会过期，连保鲜纸都会过期，我开始怀疑，在这个世界上，还有什么东西不会过期？

也许没有吧，没有什么东西是不过期的，也没有任何事物永垂不朽。

有情人相聚，离别的倒计时就开启了；迷宫游戏走到了出口，结束就离得不远了；戏剧演到了高潮，结局就埋伏在下一场；宴席喝到了酒酣耳热，散场是必然的了。

既然过去了的，无法更改，那我们只能做到，执着但不执拗，坚持但不固守，热爱但不迷恋。

不做死死拽住橡皮筋不放手的那个人，也不做呆呆坐在跷跷板上不下来的那个人。唯有如此，才逃得过顾影自怜、独自唏嘘，才会仰天大笑出门去，三千离殇皆不诉。

我们是如何把天聊死的？

1

小朵和小萍是儿时的好友，大学毕业后数年没有见过面，春节时在老家的街头碰巧遇到。小朵问小萍："你家孩子的学习怎么样呀？"小萍直接回答："不好。"就两个字，把小朵噎得说不出话来。

更让小朵难受的是，小萍是个一天能发三四个朋友圈的人，当天她就在朋友圈写道：

我面对多年老友赤诚以待，拉下了面子承认了孩子的学习不好……为什么总有人这么关心别人家的孩子呢，他们学习好不好、发育指标正常不正常，什么时候成了人人都可以打听的事情了？

小朵找我诉苦："我是有病吗？我怎么就关心别人家孩子的学习了？她家孩子是男是女我都不记得了呀！我就是没话找话，

随口一问罢了……”

气急败坏、怒火攻心、冤比窦娥。我甘做树洞，任她倾诉，但不打算奉上同情。“你是活该呀，没话找话，最容易演变成没事找事，谁让你运气不好，碰到她的痛点了？”

是啊，经年未见，此前，你的故事我一无所知，我的喜乐你分毫未闻；现在，既然有缘相会，不应该是延续着昔日友情，来个谈天说地、言笑晏晏吗？

为什么，想象中的“畅聊”变成了“尬聊”？

2

我也碰到过类似的事情。

离开一家公司的第三年，某一天，我偶遇了一位前同事。

两人一通“你没变”“你还是老样子”“你越来越有品位了”之后，我问她：“原来坐你旁边的小张还好吧？”她干笑两声，没有回答我。

我立马想到，小张是她竞争“总经理助理”一职的强劲对手，两人虽然工位相邻，但仅仅是保持正常的工作交流，私下并无往来。

那我该问点什么呢？像居委会大妈那般，不知深浅地问一句：“你老公是做什么工作的？”不可不可，这个年头，大家的婚姻状况瞬息万变，关于“另一半”，是雷区之一。那，问问孩子吧，这应该是个“安全话题”：“孩子几岁啦？”她脸色变了一变，“没要孩子。”这，是要赶潮流做“丁克一族”还是另有隐情？不好问，不敢问，看来这个话题并不“安全”。

我迅速转移话题，切入到工作上。这下子，她仿佛被打通了任督二脉，滔滔不绝地给我讲如何升职、如何应酬、如何管理下属等，而我，困倦到不行，几次想提前离场。

人海中再次相会，我说的人，你不认识，你圈子里的惊涛骇浪，在我眼里静如平湖。

我们分开太久，想聊天都不知道如何开口。

3

丝竹之音不被附和、琴瑟之调未得伴奏，从艺术上讲，算不得缺憾。而现实中，我有故事，你吝奉一杯酒，你愿和盘托出，我疲于送上耳朵，却是一种大写的尴尬。

我在惊呼你“瘦了”之后，你来一句：“我长了10斤肉。”我为化解尴尬，“看不出来啊，这衣服配得好，显得你有腰身。”你回复：“哪里，其实是去年的款式。”我找台阶找得吐血，“那肯定是经典款，永不过时。”你再回复：“不是的，是孩子不穿了的。”

如此“聊天”，即使辩手加盟、大律师撑场，我大概也赢不了你。——找到“尬聊”的原因了吗？

其实，我并不记得你的体重三围，就像谁也不会真的把别人的孩子记挂在心上。我们约会、邂逅、谈正事，在这之前，总得有些寒暄吧？何不把这当作一场闲话家常，当面开口笑，过后不思量？

谚语有云："人上一百，形形色色。"我们不能强求 100% 的合拍和相契，但最大限度给予别人善意的响应、真诚走心的接纳，这是生而为人的修炼和修为。

人人生来不同，我们承认这差别，但要做的，不是讨厌和嫌弃。

4

如何避免"尬聊"呢？

首先，看人说话，寻找对方熟悉的话题和擅长的领域，引导他们表达自己。

比如，对文化人，就谈谈张爱玲的"现世安稳"、林徽因的"猫和醋"、冰心对"太太的客厅"的看法；对商界人士，就请教房价走势、恒生指数；对家庭主妇，就交流营养早餐的 32 种做法；对街坊大妈，就絮叨一下柴米油盐、鸡毛蒜皮吧。

其次，尊重他人的价值观。

这是个多元价值观的时代，大家萍水相逢，和气交流、等量交换就行，没必要非得争辩出个对错。当你说大海很美，有人说淹死过人时，先别急着嘲笑双方思想不在同一个层次，因为很可能，他确实有过一段恐怖的溺水经历。

再次，可以适当展示自己，但更应该给他人留下展示的空间。

在聊天中，创造一个轻松的交谈环境，让他人感受到被接纳，并弱化自己、淡化自己的言论和主张，从不同角度引导他人思考并开口说话。常用的句式是：这个事情，你肯定有非常独特的见解，我想学习学习……

看出来了吗？要想化“尬聊”为“畅聊”，其实非常简单，做到“接纳、尊重”即可。让别人舒服了，才有接着聊下去的可能。

你觉得呢？

我和你，是一杯酒，还是半杯酒？

1

标题源自《空城计》中的一句歌词，完整的句子是："莫让幽怨记心头，你我不过半壶酒。"某天在朋友圈看到，惊艳了。今天借几个小故事，来聊一聊人际关系中的那些失去和遗憾。

记不清是在林清玄还是蔡康永的书中，看过这么一个故事：一个教授给一个女学生送自己写的书，女生道谢后来了一句"我的男朋友也很喜欢您的书"。

作者剖析说，这是个有智慧的女孩儿，既表明了自己男友是教授的粉丝，又说明了她自己已经"物有其主"——言下之意是，咱们之间，要保持一定的距离。

当时年纪小阅历浅，读这个故事没有太多触动，直到后来，我自己遇到类似的事儿，才有所感悟。

2

我曾经有一个很要好的异性知己，因为志趣、三观一致，我们经常谈天说地，嬉笑怒骂中自有一种酣畅淋漓的快慰。原以为这般清风明月的友谊，能温暖整个青春，但在某一次的例行通话中，我知道，恐怕该翻页了。

那一次，我们从厚黑学聊到他家的狗，渐入佳境时，他女朋友突然要跟我说几句话。我一脸疑惑，他有女朋友我是知道的，但我跟这个女孩，似乎没有什么话可说吧？基于礼貌，还是寒暄了几句，然后，草草挂断了电话。

自那次之后，他再有相邀，我都尽量婉言拒绝。即便不清楚他女朋友和我通话到底是谁的主意，但其中的信号，却很明确了：他是个有“标签”的人了，这“标签”，是他的归属地、女孩的拥有权，倘若我无视，是非常不适宜的。

就这样渐渐疏离一个好友，心里的遗憾大过难受，再想想文章开头送书的故事，教授对女学生，未必就真的有龌龊心思，很可能，只是一个为师者对于爱徒的鼓励和爱惜。

看起来，那个教授、我，我们都是被无形之手推出去的人，我们可能会怨恨、无奈和遗憾，但，谁又有错呢？身份、伦理、道德，都让我们不得不“画地为牢”，以此警告外来者：请止步于此。

3

人和人的亲密度，说来说去，其实是“一杯酒”和“半杯酒”的区别。

一杯，意味着“满”——盛大、丰富、全面、热烈，地动山摇都不能阻挡我们聚首，你来我家，不是客人，是那个踢掉了拖鞋，就直接去冰箱拿东西吃的人。

半杯，意味着“浅”——浅尝辄止、点到即可，我们见了面会寒暄，会约饭局，转过身来，却连电话号码也不曾留下，只说改天聚聚？然而改天是哪天？

而距离感，其实就在这些区别里。想想无趣，却无奈——对于真正倾心的人和物，没有人不想长长久久，但囿于环境、囿于外因、囿于伦理，总不得不保持在“半杯”的距离上。——当然，那些平常的点头之交，此处不讨论。

4

还有个故事。加菲猫走失后被卖到了宠物店，它既痛苦，又担心主人对它思念成伤。在一个阳光明媚的清晨，主人乔恩走进了宠物店，他看见了加菲猫，又意外又高兴，立刻再次买下了它，于是一家团圆、皆大欢喜。

故事的最后，这只世界闻名的肥猫在日落下说了这样一句话："我永远不会去问乔嗯，那天他为什么会走进宠物店。"

当时看到这里，我泪流满面。一部被誉为"成人哲学"的卡通片，它说了很多，但最让我铭记的，却是"不问"。

"不问"，是通透，是成全，是期许。

我希望我们是"一杯酒"的醇厚、纯粹，我尽我的赤诚，给你陪伴、支持、依靠；至于你，是在有所保留中遥遥观望，还是在敷衍应酬中别有谋划，我不问。

我不问你给我的是"一杯酒"还是"半杯酒"。酒斟来，我就喝，喝完，该续杯还是停杯，我自有定夺。

也许大家都有定夺。

第三章

我们要学会相忘于江湖

爱情里，不要模棱两可，也不要暧昧不明

1

周六和闺密丹妮出去吃饭，热菜凉菜、甜点水果一扫而空之后，她倾诉的欲望回来了。

她说："我们不是在恋爱，也不是没有恋爱。"

我一头黑线，"中国语言博大精深，你这跟绕口令似的，我也听不懂呀。"

"咳，其实很简单啦，就是，我们交往之初，他父母反对，他呢，开始态度很坚决，后来就不太坚决了。"

"哦，不说坚持，那就是放弃啰？"我问。

"不算吧，他对我还是挺好的。"她犹犹豫豫。

"那你们现在是什么关系？"我单刀直入。

她不回答。算了，我觉得我还是温柔一点吧，"我猜，你们已经说过分手了吧？"

她回答了一个"嗯"之后，我以"上帝"视角，把这个

“故事”进行了补充：

“分手是你提的。其实你并不是真的想分手，你只是想借此让他挽回，你不是第一次这么干了，但这一次，他借坡下驴，顺势同意了，对吧？”

“但是他还是对我很好啊……”她快哭了。

怎么个好法呢？她不说，大家也能猜出个大概，无非是“多喝热水”：天冷了，多喝热水；天热了，多喝热水；被领导骂了，多喝热水；被客户怼了，多喝热水……

2

你有没有认真想过：你们一拍两散之后，他为什么还要回来找你？

你灿如玫瑰、秀如兰芝？你鬼灵精怪、清风明月？你侠义大气、懂进知退……让他死活无法放下你？

不不不，既然你如此完美，那为什么你们还分手？其中肯定是有不可调和的矛盾。

既然是因为不可调和的矛盾才分手，那为什么又回头找你？让我告诉你一个残忍的事实：没有熊掌，鱼也可以；没有鱼，虾也可以；如果连虾都没有，那，青菜豆腐也可以将就。这，是不少男人的恋爱观（是“不少”，不是“全部”）。

简单来说，就是他现在还是空窗期，新的佳人还没到来，休养生息之余，不妨抽空和所谓的旧爱、故人聊聊天，调调情，打发一下空虚无聊的时间，也许他对你还有些许的爱恋，但同时他也清楚你们无法走到最后。

前情旧爱，故人旧事，用林忆莲的歌来说，就是“你掌心的痣，我总记得在哪里”。旧爱是一种非常熟悉彼此的存在，熟悉到你一皱眉，他就知道该藏钱包了（你要逛逛逛），还要改支付宝密码了（你要买买买）；更重要的是，因为恋爱关系不复存在，他已经没有了对你负责任的义务——普通朋友而已，有什么可负责的？

你呢，本就心存幻想，他再这么温柔一下，你越发以为他要回心转意了，于是更温柔、更体贴，曲意承欢，降格以求。

说到这里，你难道没有发现，你其实是个“备胎”：招之即来，来之能战，挥之即去。

你说你们不是恋人，也不是“非恋人”，那你们是什么？他模棱两可，你就跟着暧昧不明，只因为你忽略了一个事实：你们的确已经分手了。

多么不舍，多么不情愿，也要接受这个事实。

3

在分手之后，他这么关心你、紧张你、在乎你，你肯定觉得他是真心想挽回的吧？对你的感情也是真的吧？

面对地震孤儿，他还捐款了呢，你叫他给那些孩子做一顿饭试试；街边的小猫小狗，他偶尔会施舍一点吃的，你叫他抱回家养试试。

你不能把人类的同情心，理解为“爱”，有时候只是自我满足，更不能把前任的调情，理解为“求复合”。

给你讲个故事：从前有一个人叫孟敏，旅居太原，有一天，他挑着瓦罐在路上走，一不小心，瓦罐掉到了地上，摔碎了。他老人家“不顾而去”，旁人问之，他答：“甑已破矣，视之何益？”——甑已经破了，看它有什么用呢？

曾经的爱，无论给了多少，无论给了谁，它总归是过去的了。曾经最明澈的、雪山之巅的清泉，最坏的结果也无非变成肮脏的阴沟水。到最后，万法归宗，总归是全部汇入了大海。但是没有关系，随着蒸发，新一轮的雨水来到我们头顶，就是全新的感情，全新的下一轮。

曾经他爱你是真的，现在你们分手也是真的，他确实已经离开你了。你该做的，就是好好朝前走，别回头望，别望来漫天风沙，遮蔽了自己离开的路，迷糊了识人的眼。

那年夏天爱过的人，后来坐时光机都无法再拥有

1

我总觉得，夏天是最热闹的季节。

若是天光晴好，就在白亮亮的日头下听蝉鸣声声激越，在绿晃晃的绿植里看蜻蜓翩翩停留；若是天气多变，目之所及，一会儿是梨花带雨，一会儿是晚来风急。

当然，以上所描述，皆是大自然馈赠之物。倘若把镜头对准万物之灵的人类，又会是怎样的画面？

是挥汗如雨的田间收割吗？是冷冽清甜的红瓤儿西瓜吗？是午后不知今夕何夕的昏昏长睡吗？是夜晚悄悄撞了个满怀的穿堂长风吗？还是，暑气难消的教室里，翻开却只读了一页的书？解不出答案的试卷？同桌女孩刚洗过的头发的味道？邻座男孩唇角微扬的笑？

那么你呢，在属于你的那些夏天，有哪些记忆？又有哪些故事？

2

林峰演唱的《幼稚完》(港剧《雷霆扫毒》片尾曲)，初一听，便觉得它讲了一个发生在夏天的故事。

“无法和你回到那种盛夏 / 能够沉醉怀抱呆望窗纱 / 就这么一个假日在乘凉 / 冰块浸没在红茶 / 互抱着老掉也不怕”

我曾和你有过一个缱绻的夏天，那时候，我们并肩看晚霞，同坐品红茶。我们在对方的怀抱里，通过窗纱，看月亮爬上树梢，看星星闪闪眨眼。我们共度的那些温柔时日，是“我”人生少有的美好时期，多想就这样终老啊。

“时间流过谁也要长大吧 / 而你和我前行全是分岔 / 自此分开了你落力前行 / 得我幼稚地停留 / 被岁月放大了牵挂”

可是，浪漫总是短暂的，时间在流逝，爱意在流失。我们后来还是分开了，你于人山人海中前行，我一直滞留在原处，无法边走边爱。

这个部分，讲的是“相爱、相离”。如同我们今天所看到的某些故事那样，曾经蜜里调油的情侣，在被物质、未来等等价值体系评判后，不得不分道扬镳、各安天涯。

3

即便分离是猝不及防的，别后的思念，却是因你成疾。

“而我何以连住进新大厦 / 仍要为你留下陈旧梳化 / 或者早

知道我在下沉时 / 喜爱仰卧到凌晨 / 累了又挂念你一下”

我搬家了，新居陈设，全是新的，独独阳台上的沙发，是旧的。是的，因为那是你曾经喜欢的，我难以舍弃。当然，我也有可能并不是为了睹物思人而留下它，我大概只是想让自己在累极疲极时，身体有一处柔软的地方可歇息，然后，在浓浓夜色中入睡，并邀你入梦。

“几千天近况幸福吗 每天忙碌吗 / 仍然是那么认真吗 / 可有新恋人 成熟的恋人 / 成熟到没再共你吵架”

一别后多年，你是否安然无恙？是否仍然是人群中熠熠生辉的那一个？身边有牵手的人了吗？他应该是很成熟很稳妥的人吧，不像我这么幼稚，总是让你为难。

是我一直被自己困在原地吗？为什么总是放不下呢，彼时的年少情怀，令我念你如斯，药石无医。

坐飞机就可以见到，但要坐时光机才能拥有的人啊，人生初见时的刹那光华，余生我只能在梦里重温了吗？

4

个人认为，简单来说，这首歌讲的是一个爱而不得的故事。

初识时，确有千般缱绻万般柔情，但无奈两个人还是没能走到最后。一朝分手，余生陌路，我挽回不了你，也忘不了你。不是没有反思过，可能是我的幼稚导致了我们的离别，也可能是你成长得太快，而我跟不上你的脚步。总而言之，念着想着，我们却终分道扬镳。

非常之遗憾，非常之怅然。

有人说，夏天让人爱恨交加，明明是最火热的季节，却承载着最盛大的离别。

这首歌的词作者把故事发生的时间设定在“盛夏”，不知道是巧合还是确有蓝本？

知乎上有人说，年轻时不能遇见太惊艳的人，不然后半生满是遗憾。那么，且让我诚挚祝福你：愿你三冬暖，愿你春不寒；愿你天黑有灯，下雨有伞；愿你一路上，有良人相伴。

爱你十年，我还是那个路人甲

1

听过一首残忍的民歌：我正月里不得闲，二月里要砍柴，三月里走亲戚……

是男声唱出来的，没有听到前因，大概意思是说女子约他见面，他不愿意，于是一个月推一个月，名正言顺，一年十二个月过去了。当然过了新年又是春，可是那女子有这么厚脸皮，到明年还来约他吗？

这让我想起了麦浚龙的爱情三部曲：《耿耿于怀》《念念不忘》《罗生门》。

这三首歌，是黄伟文跨越十年写就，有很强的故事情节贯穿于其中，歌词就不原封不动贴上来了，我提炼出来呈现给大家。确实想看原歌词的，可自行搜索。

第一首歌，主要讲的是男生放不下前女友，甚至交了新的女朋友之后，还想去问前女友的意见；第二首歌，主要讲男生、女生都已各有归处、各得其所，但男生还是常常梦见女生，还对女生各种关注（脸书等爱侣入睡却偷看）；第三首歌，对纷纷扰扰的流言不堪其扰的前女友，出来辟谣：谢谢你喜欢我十年，其实你并不懂我，你以为我们的感情难忘，只因为你一直念念不忘（难忘的，因你太念念才难忘）。

三首歌的故事大概是这样，女生其实已经放下，男生仍然沉浸其中无法自拔。道德感强的，估计要骂他一声“渣男”。但其实，无论是文章开头民歌中的女子还是爱情三部曲中的男子，心心念念的那个人，已成旧人，已经不再爱。而昨日情事，再盛大，也终将腐朽。

2

是啊，关于旧爱的记忆，其实就像沉重的冬衣，当阳光灿烂的那一天到来时，我们都乐观地以为可以收起来了。但如果春天迟迟不来呢？我们还得一次又一次地把它翻找出来，再次穿上。慢慢地，我们似乎也习惯了，天色永远是冷的，冬衣一直是包裹着我们的，而旧爱，会一直在记忆里。但是，总会有一个突如其来的日子，那天高温来袭，蝉鸣激越，就这样骤然入夏，而我们，也必将轻轻地、轻轻地卸下那沉重的包袱。

想重拾吗？是不是在很久以后，还有思念和泪水？这是正常的呀。就好比一列疾驰的火车，急速刹车后还要滑行好久才能停下。不要骂自己傻，这只能说明，你曾在爱的道路上，傻傻奔跑过。不过很有可能，另一方转身离开得非常快，为什么会这样呢？一，可能他并没有跑动起来——他没有真正爱过；二，可能他早早就开始启动刹车了——他比你先放手。

无论是哪一种原因，你首先想到的是“骗”这个字吧？

什么是“骗”呢？银行大厅鼓动你投资的工作人员，他的讲解里有一大堆名词术语，比如回报率百分之几点几、可长期投资可短期持有等等，听得你心花怒放，不多加考虑就在单子上签了字。但其实，他从头到尾，没说他是银行的人，你呢，是老眼昏花还是年轻幼稚，竟然没看单子上的那一行小小的“风险说明”……这，算得上“骗”吗？

总归是这样的，不属于你的人，不属于你的幸福，就好比图书馆的书，你可浏览，可借阅，期限到了还舍不下，也许图书馆会让你续借一次。但到最后，总归是要还的。

3

每一次缱绻，都是难得的幸福，但一段生出霉斑的感情，一颗已变的心，就放下吧。无法与他求得“现世安稳”，也仅仅因为两个人各有前因，各有后路。还请不羡不恨。毕竟，我们向上天要天长地久，但是上天只给我们它要给的。

抱抱自己，宽慰一下自己的心，在找到新的栖息地之前，我愿你展翅于林梢起飞，也许会高处不胜寒，但好在，有辽阔长空在眼前。

如果以后再也见不到，祝你早安午安晚安

1

有人说：“我的一切付出都是一场心甘情愿，我对此绝口不提。你若投桃报李，我会十分感激，你若无动于衷，我也不灰心丧气。”

我深以为然。曾在一部微电影里看到过这样一段独白：“陪你吃过最辣的麻辣烫，坐过最后一班的公交车，逛过最廉价的商店，买过快过期的牛奶，听过最后一排的演唱会，陪你走过漫长的马拉松，做过这些事的人是我，等在终点的却是别人。”

人生憾事何其多，而最遗憾的，莫过于，我们倾心爱过的人，别有怀抱。

这一点，在安东尼·德·圣·埃克苏佩里所著的《小王子》里，也有诠释。

小王子去了很多星球，终于有一次来到了地球，在这里他

意识到自己星球的玫瑰并不是独一无二的，这时他遇见了小狐狸。

小狐狸请求小王子和她一起玩："如果你想要一个朋友，那就驯服我吧。"她教小王子用耐心、仪式感，慢慢靠近她，小王子一一照做，并且真的驯服了她。

小狐狸呢，则用她的成熟和聪慧，让小王子明白了"驯服"的意义：正因为你为你的玫瑰花费了时间，这才使你的玫瑰变得如此重要。

不仅如此，小狐狸还安抚了小王子在玫瑰那里受的伤，教导了小王子要对自己驯养的一切负责任。

何为爱？在小狐狸看来，爱就是我认为你值得拥有一切美好的东西。你想要摘星星，我愿是梯子，你想要逐长风，我便是风火轮。无论上九天揽月，还是下五洋捉鳖，我都一路奉陪。

我以我全部的力量，守护你，保佑你，放任你去实现你人生的所有可能。而我，对自己的心情，只字不提。

2

这是怎样一种感情呢？小狐狸让小王子对他驯养的一切负责，这个"一切"，是不是也包括她自己呢？如果是，那她为什么不阻止小王子的离去？

大概是，情到深处，转无情。相遇一场，我心神飞扬过，脸颊羞红过，这就够了。你要走，我就放手。我费尽心思，让你看清了你自己的心，剩下的人生，我惟愿你横刀立马，纵横驰骋。至于我，在早已经料到的结局里，无怨无悔是我今生的名字，金黄色麦田是我余生最爱的颜色。

关于爱情，有人认为，应该是蜜里调油、物我两忘；有人认为，应该是举案齐眉、相敬如宾；有人认为，应该是遥遥相对、怀念至死。而我认为，爱情的最高境界是懂得和成全。我懂你蹙眉里的为难，懂你欢笑后的勉强，所以我努力成长、分担，希望你日日有笑颜。

正如，小狐狸懂得小王子的单纯，以及那单纯里的最初悸动来自何方，所以她让他回到了他自己的星球，回到那个他认为独一无二的玫瑰身边。

小王子走后，小狐狸又回到了一个人的状态。这就好比我们失恋后，一人关灯，一人饮酒。其实灯关不关，已无区别，因为爱的人不在身边，心里的空洞，再强的光线也无法照亮；酒喝与不喝，人都是失了魂魄的，那坐立行走的，那顾盼谈笑的，只是躯壳。

3

当然，这样的日子不会持续太久，就像，冰雪终会融化，枯枝总有嫩芽，挺过了凛冽的寒冬，盎然的暖春，还会远吗？

而在春天来临之前，我们要怎么做？

电影《东邪西毒》里说：当你不能够再拥有，你唯一可以做的，就是令自己不要忘记。

电影《楚门的世界》里说：假如再也无法见到，祝你早安、午安、晚安。

那么，先这样吧，且容我在沉醉中缅怀你一些时日，让那初次见你时古老温暖的光，停留得再久一点。因为，你的到来，是我一生中，最好的时候；因为，你的离去，是我青春的尽头。

红颜不知己

1

她想，动心这件事，是循序渐进的，好比“温水煮青蛙”般俗套。

她孤僻话少，人群中，无论多热闹，疏离感都如影随形；而他，爱说爱笑，剑眉星目，阳春白雪下里巴人都信手拈来，走到哪里，都是“中心人物”。他说：“黑夜的黑，是它自己愿意的，暗到底了，才会有光。所以，它是个‘心机 boy’。”观点独特又有哲理，她不由多看了他一眼。

就此两个人自然而然地熟了起来，聊聊追的剧和这几天时好时坏的天气。那一天大雨忽至，从公共课堂里出来的她，准备狠心咬牙，以书包作伞，飞奔回宿舍。他自走廊另一端走过来，撑开伞，举过两人头顶，拥住她，进入雨中。她一愣，反应不及，之后，脸瞬间通红。只片刻，他便放开她，脸上是无所谓的嘻嘻笑。她的心，却像是海浪中的小舟，飘飘荡荡，起起伏伏。

他们认识的时间不算短，两年有余。

她不承认自己喜欢他，却也不敢打探他的感情状况。在她的观念里，他们这是“恋人未满”，进可“一生一世一双人”，退是“同学少年”。那么现在呢，他们的关系是什么？异性好友？红颜知己？

这暧昧的感觉，她品过了太阳和月亮的升升落落。品得疑心四起，芳心憔悴。终是忍不住找我解惑。

2

我想起一个年长于我的朋友，她告诫我，人类通过杀伐走到食物链的顶端，就是为了做肉食动物的。而男人，天生就是食肉的，突然吃素，无非是他不饿或者菜不对口味。

你以为花团锦簇他不采，其实他只是百花丛中过，片片不沾身而已。

他撩一下，停下来看看你的反应。这使他有别于那些刻意逢迎的追求者，也显得“吃相”优雅。而你，理解成了淡定和沉稳。他心如平湖，你却在心里掀起了惊涛骇浪。

不妨听听陈奕迅的《兄妹》：

对我好对我好，好到无路可退；

可是我也很想有个人陪，才不愿把你得罪。

于是那么迂回，一时进，一时退，保持安全范围。

这个阴谋让我好惭愧，享受被爱滋味，却不让你想入非非。

……

我得到，于事无补的安慰；

你也得到，模仿爱上一个人的机会。

……”

这就是暧昧，一个假装有爱，一个假装有未来。——既然大家都寂寞，不如假装“恋爱”。是不是很残酷？

3

还有更残酷的，当他抱得女神归，或者厌倦了与你的“假装”恋爱。你会尝到一波又一波失重滋味：生病了，情绪低落了，打给他的电话永远是无人接听，发给他的微信盖满了整个屏幕，却收不到一句回复。

你会疑惑，会不甘：不是说好了永远是好友吗？不是说好了做彼此的知己吗？而我想说，红颜就是红颜，可红袖添香，可既娇且嗔，可情归君怀，最终的落处是“宜家宜室，岁月静好”，知己只是知己，仅可谈天说地，不可情愫暗生、不可会错君意。

人生苦短，何必为那些莫须有的感情，浪费情怀。你从未拥有，所以也谈不上失去。那么，就请坦荡向前，不必留恋。

有的人，要早早说再见

1

是年龄或者生活状态的原因吧，近几年，我很少有被打动的时候。

2013年，我看一档娱乐节目，某一期，一个女孩和那个她喜欢了快十年的男人表白，男人的拒绝让她泪落如雨、溃不成军，连带着主持人侯佩岑、台下观众，都在拭泪。

我在屏幕外看得莫名其妙。这世界上，爱而不得的人太多了；得而复失的人，也不少。当然了，也许在这个男人看来，有如此女子公开示好，其心可嘉，其情实深，尚算佳话一段。也可能，过段时间以后男人会被打动，继而回头看见女子的好，恋情发生转机也未可知。

但那眼泪没有打动我。大概实在太知道，爱，或者不爱，其实是一件"天注定"的事，既然他们已经认识多年，他们如果有"意"，爱情早就发生了，不必等到此时。所以即便以后恋情发生转机，也不会是因为“爱”本身。

其实作为成年男女，会“装”，是一项极大的本事，深情倾付却不得时，要装失明，看不清“郎无意”，美人倾怀却不忍推拒时，要装真诚，表示“无福消受”。

2

今天看完了张爱玲的长篇小说《半生缘》(又名《十八春》)。

结尾处，曼桢和世钧坐在喧嚣的小酒馆回首往事，曼桢哭着说，我们回不去了；叔惠和翠芝坐在明亮温馨的家里，在暖融融的灯下相对，晚风吹起窗帘，如女人的裙角，有一种所托非卿此生虚度的怅惘。

在我看来，这是作者对笔下人物的一种偏爱，或者说，是一种乌托邦式的寄托。

四个人，两对爱人，兜兜转转分离十八年，相隔万里，还能相互惦念、牵挂、痴缠，其实是一种美好的想象。从生物学角度来说，七年为一期，时间一到，人身上的细胞就会换掉一批，重新长出新的。何况感情？

十八年之后，他们居然能重逢，这简直就是一种“奇迹”；重逢之后，还能有机会坐下来把故事从头讲，这真是让人惊叹。

总之，我感觉现实生活中基本不会出现这样的情况。现实生活是什么？是你不爱我，我转头就找了下一家；我稍微疲懒一下，你就另结他好。

现实是，曾经旦夕欢好，一朝分离即陌路。倘若其中一人有意回头，微信发过去，极有可能会被提示“你不是对方好友”，甚至会被回复“对不起，你哪位”。

现实是，你曾经的俊朗少年，如今街头相遇你都不敢认，他肚腩前挺，发际线后移；他穿着19元一件的T恤，急匆匆赶往超市，抢在营业结束前买一把打折的青菜。

现实是，在生活的棍棒下，经年之后大家都是隔夜青菜，折上折，还未见得能脱销。如此狼狈之下，是否还真的有心思，惦记着年少时未完成的风花雪月？

3

几年前，我看过一个故事，在青春正好的年纪里，女孩爱上了一个男孩，男孩无意于女孩，女孩只好在日常生活中，以“女哥们”的身份，存在于男孩身边，一起吃饭，一起打闹，男孩也很享受这样的人物设定。

有一天，男孩喝醉了，不省人事，他的兄弟打电话给女孩：

你不是一直喜欢XXX（指男孩）吗？现在他喝醉了，在XXX（地址）路，你来把他接回去吧。

大概是因为当时年少，泪腺太过发达，也或许是我入戏太深，总之，看到那一段电话对话，我的眼泪当即就掉下来了，怎么都止不住。

我是真的心疼那个女孩，如此深情，羞涩得难以启齿，她以一种卑微的姿态，出没于心爱之人身旁，只为能陪伴着他。而被钟情的男孩，要有怎样的狎弄心态，才会得意洋洋、红光满面地在朋友面前，一五一十细说女孩的种种欣赏、崇拜、温柔、温情？以致那些朋友们，能够如此直白地、毫不珍视地说出她的心意？

很多人说，爱情里，最怕所托非人，最怕日久变心，最怕凑合，最怕人在身边心在天涯，最怕浓情转淡，最怕……

他们怕的很多，而我只想说，爱情里，最怕一笔拂去深深意。我款款而来，盛情倾付、温柔用尽，期待的不过是你一个肯定的眼神；你恣意流连，穿花过树，却在某一天突然说，唉，你不会是认真的吧？连“对不起”都没有。

——当然，在爱情里，“对不起”的意思其实是“我不爱你，就这样吧”。只是，愿意听懂的，又有几个？

姑娘，不爱你的男人你别爱

1

前两天，我的一个大学同学和我聊天，言语中一直在提那个她暗恋许久的人。恰恰，我和那个男生在机缘巧合之下有过短暂的接触。所以，她更有理由找我聊他、找我拐弯抹角地问一些他的情况——也许是出于对同性的防范吧！这种微妙的心理，我懂，只是不愿说出来而已。如果我想说了，我会告诉她：你眼里完美的恋人，在我眼里未必完美。这是我的真心话。

又一次，她在我面前拐着弯地问起他的情况，那种小心翼翼的提问、斟词酌句的表达，无不说明着她想知道但是又不好太过直白的尴尬。我觉得不舒服，就直接问她："为什么还这么挂念他、关注他？明知道是一场没有结果的单恋。"她的回答是："想知道他过得好不好。"我喝了一口水，然后回复她："他过得好不好和你有关系吗？"没有想到，我这一句话似乎是激怒了她，"怎么没有关系呢？我和他是朋友啊！问候一下不可以吗？关心一下不可以吗？”

话说到这个份上，我不想拿话去伤她，只好说还有事，改天聊。

2

喜欢一个人，爱了一个人，是不是就是这样的？他对你与对旁人并没有什么不一样，他觉得你可有可无，可是，你还是会因为他的笑而笑，因为他的哭而哭，整个世界就是他，他就是整个世界。

曾经，我也是这样的女孩子，曾经，也有一个男生，让我如此这般过。

现在想想，你喜欢他，是因为他优秀他出色，可是你想过没有，他的优秀他的出色里却没有喜欢你这一条，对你而言，这就是他最大的缺点啊！

经年之后，爱已成灰。那个牵动我所有喜怒哀乐的男生，被我逐渐淡忘。他是他，我是我。再次想起他，他竟然在我的记忆里面目模糊。

从此，没有联系。谁说过，最好的忘记，是连忘记本身都不记得了。的确如此，其实，再怎么深爱，也有不爱的一天，再怎么刻骨铭心，也有云淡风轻的一天。

不爱了，或者你爱他他不爱你，又或者你爱他多过他爱你，那么，在你们逐渐远离对方的生活时，有些事，也就和你无关了。

他过生日，如果你还记得，就打个电话说一声“生日快乐”，但不要亲自跑去给他过生日，哪怕他这样要求你；他生病了，可以去医院探望，但放下礼品和鲜花，几句问候之后，你就应该离开，哪怕剩下的事没人来做。

他要结婚了，如果他打电话通知过你，那么你也可以在婚礼当天打电话祝福他；如果他给你发了请柬，那么你可以前往参加婚礼，也可以礼貌拒绝，如果去的话，记得保持微笑、注意仪表，让他知道，你一个人也会过得很好。

3

两个人不再在一起了，很多事，真的与你无关。他过得好是他的事，他潦倒落魄也是他的事。你没有权利过问，也没有资格关心，更重要的是，你为什么要过问？你为什么要关心？

不是我冷漠，只是，我想爱自己多一些。我在最美的年华里，用最真的心，最纯的情来爱过你，可是有一天我不再爱了，那就表示我的爱已不再随便给了，从此，不要期望我会用我残存的感情继续付出，也不要期望我能一直对你好。

若爱已走到尽头，别勉强

1

有些歌，需要慢慢听，才能品出深意。

2011年，麦浚龙发行新专辑《无念》，其中收录了林夕作词、VINCENT CHOW作曲的《秋分》。

因为是以节气来命名，所以这首歌多在每年的“秋分”来临之际，频繁被人们用来表达迎接时令更迭时的感慨。但细究起来，这首歌与编排在同一张专辑中的《惊蛰》放在一起听，寄托的是更深邃的关于爱情的感悟。

2

“那段盛夏灿烂过 / 长过一声叶落 / 短过世间一甲子 / 如雾水不堪风沙挥霍”，歌曲开篇，即借大自然万物更替，对应写

“情”的变迁与循环，用“叶落”“雾水”“风沙”这三种代表秋色凋零的意象，对比并反衬“盛夏灿烂过”，让人在优美形象的遣词中收获新的感悟，而整首歌，也因此不落窠臼。

世间情爱起伏去留，因无所定向，于是给了人们变化无常之感，而在林夕的认知里，这一切和自然风物的变迁更替、循环往复是同样的道理，既然春夏秋冬可以轮番来过，那么所有爱恨情仇，也终会有完结，就像王菲在《红豆》中唱的那样：“相聚离开都有时候，没有什么会永垂不朽。”

林夕的词涉及的题材类型众多，而在这一首歌里，他其实是想告诉大家：世事变幻无常，缘起性空，时辰到了，我们就该看破放下。

3

滚滚红尘里，浮华世间，说起来不过情而已。但是涉足其间，我们莫不是摸爬滚打、流泪喟叹，几乎无人幸免。

随性洒脱的三毛，除了与荷西那段生死恋之外，另有一段与西部歌王王洛宾的深刻爱恋。

两人初见，如老友、如莫逆，促膝长谈之后，三毛向歌王吟唱她的代表作《橄榄树》，歌王投桃报李，回她以深情款款的《在那遥远的地方》和《高高的白杨》。

自此，一段百转千回的忘年恋，在鸿雁传书中开启。随后，三毛更是两次奔赴新疆看望心爱之人。

两人采风、访友、买菜、做饭、弹琴、唱歌、写词，耳鬓厮磨、缱绻人间，好不快哉，这幸福，是他们生命中的至美时光。

遗憾的是，后来种种遭遇，证明两人并不是同一个世界的人，三毛恍然清醒，明白了有些人即使再美好，也终究只是生命的过客，强求不得。于是，她放弃了追逐，斩断了生命中继荷西之后的唯一一次心动，离开了王洛宾。

三毛这种“决绝”，是及时止损、适可而止，更是看透看破真相之后的自我救赎。

4

爱情，叫人热血，也叫人无力。但好在后来，被现实这把刀赐教，我们变得小心谨慎，也学会了聊以自慰。

如果许愿了，牢不可破，那么就难容指尖流沙；如果所得非所愿，那么就不要勉强。

如果爱人一骑绝尘而去，那么往后岁月我要一马平川地独自向前，不必等到面目全非、情意全无才按下结束键。

倔强高傲的张爱玲，沦陷于胡兰成“现世安稳、岁月静好”的许诺，及至后来，胡兰成流连于护士小周、温州的范秀美、上海滩的佘爱珍，极尽风流。张爱玲让这个男人做一个选择，他的回答是：我极喜欢你，却又舍不得丢下她（们）。断断续续三年之后，张爱玲心灰意冷，写下了那封简短有力的绝交信。

众人看得到的，是这个女子孤注一掷之后的痛彻心扉，是她轻轻浅浅地转身；看不到的，是她内心千疮百孔之后的荒凉一片、寸草不生。

或许，世人都如张爱玲这般，哭过笑过，累过痛过，恩恩怨怨结束之后，再回首只会发出一声云淡风轻的喟叹。

我们拥有爱，我们失去爱，拥有时全力珍惜，但若爱已走到尽头，别勉强。

不要爱得太卑微，要么一生，要么陌生

1

人这一生，最难是深情，最怕是辜负。

才女张爱玲为一个风流成性的男人付出一切，金岳霖为爱痴守一生未娶，郭襄风陵渡口初相遇，一见杨过误终生。

动情之后全是甘愿和心酸，烈火烹油的喜欢，和盘托出的给予，只换得杯盘狼藉、人去楼空。

因为卑微，所以注定惨败。

2

动心快，失去也快。

这世界人来人往，光影交错，斑斑驳驳。时代的浮躁，注定了人们轻易地相爱，然后快速地分开，接着又拼命地寻找。寻找快感，也寻找新鲜感。

玫瑰还未凋零，诺言就许给了另一个人；一起买的家具还崭新如初，双手就已经被放开。

爱得太早、放弃得太快，轻易付出承诺，又不想长时间等待一个未知的结果。都在想着快一点，各种行动也都进退有据。

木心先生笔下的“车马很慢，书信很远，一生只够爱一个人”，完完全全像个笑话。但马不停蹄地得到，终究会马不停蹄地失去。

要知道，一碗热豆浆，五分钟喝完与十五分钟喝完的区别是：滋味。你给味蕾时间，味蕾才会给你真滋味。同样，你给爱时间，爱情才会给你真实的回馈。

动心太快，太容易被得到，大概率不会被珍惜。有句话说得好：我们可以慢慢来，别爱得太快。慢一点爱，渐入佳境，才能爱得浓烈，爱得持久。

3

相配，才能相爱。

有人说，爱一个人本来就是卑微的。

仰视他，崇拜他，看向他的眼里，满是星星，对他讨好，小心翼翼、委曲求全，挽留时又歇斯底里、声嘶力竭。

可是该走远的还是走远了，背影决绝。

其实，爱得深刻，爱得用力，不如爱得相配。所有的相扶到老、举案齐眉，无不是才学、性格、能力、兴趣爱好上的

"博弈"。

豪放洒脱的张学良，倾慕的是性格泼辣外向、不拘一格的赵四小姐，而不是美貌端庄的于凤至；偏激激进的时代斗士鲁迅，喜欢的是欣赏他、支持他，能够同他在战乱年代相互扶持的许广平，而不是小脚女人朱安；洋派多情的徐志摩，能入他眼的只能是温婉聪明、才华横溢的林徽因，以及妖娆娇俏、风情无限的陆小曼，而不是木讷无趣的乡下妇人张幼仪；就连蒋介石都舍弃了美丽多情的旧爱陈洁如，和宋美龄携手到老。

我们可以爱一个人到骨子里，到尘埃里，但首先，请让自己有价值。正如亦舒所说：自爱，沉稳，然后爱人。

4

平等，才能长久。

阿兰·德波顿在《爱情笔记》中写："如果爱情里面藏着天堂，那一定是你我平等相爱的模样。"

《简·爱》中，简和罗切斯特的爱情从一开始就注定是不平等的，无论物质上还是精神上，所以那段对白的警世作用直抵人心："你以为我贫穷、相貌平平就没有感情吗？……上帝没有这样安排，但我们的精神依旧是平等的。"

改编自严歌苓小说《陆犯焉识》的电影《归来》，里面的风流才子陆焉识并不想娶继母给他安排的姑娘冯婉喻，他选择了出国留学，他聪颖、自由，追求爱情和快乐。

回国后，他遭遇诸多变故，这个时候，他才意识到，一直无怨无悔等待他的冯婉喻是真爱，是他完美的归宿。但其实，两人的情感并不平等。冯婉喻对陆焉识的爱是没有条件的，无论陆焉识如何风流，之后又如何倒霉，她都对他不离不弃。

张艺谋聪明巧妙地修补了这个“不平等”，他让冯婉喻得了失忆症，这样一来，她心中的陆焉识，永远定格在了英俊倜傥的少年书生，而不是被生活磨损得走了形的老人。

电影的隐喻昭然若揭：平等，是谈爱的前提。假设两个人相爱，一方对另一方无限宽容，无限忍让，这爱就会显得不够自尊，不够自尊就无法真正对话交流，爱也迟早会枯萎。

5

对于爱情，别太努力。

网易云音乐上有一条热评：如果我喜欢你，我会主动往你的方向走几步，再走几步。如果你看见我走过来了，却没有迎接我的意思，那我就会停下来了。

世界上有很多东西我们可以靠艰苦奋斗得来，唯独对于爱情，我不想一个人努力。我只想两个人势均力敌，公平又平等地爱与被爱。

但愿在这个拼得你死我活的世界里，我能有一份努力得刚刚好的爱情。

浅喜如苍狗，深爱如长风。人生很短，并不是什么都值得。

张爱玲说，喜欢一个人，会卑微到尘埃里。但她也说，任何卑微的爱，都不会长久。

爱一个人，要么一生，要么陌生；要么一眼万年，要么永不相见。

别踮脚爱人，别动心太快，别盲目纠缠。如果爱不到地老天荒，就头也不回地走掉。你要明白，那些让你痛的人，没有在一起的人，其实都是生命中错的人。

后来，你还相信爱情吗?

1

知乎上有一个提问：20岁那年爱过的人，现在怎么样了？

20岁是渐次芬芳的待开花蕾，不胜娇羞，更不胜风雨，说“爱”太沉重，不妨聊聊“喜欢”。

20岁时的喜欢是什么模样？是成绩排名榜上紧挨着的名字、讲台上相邻的作业本，也是心里的人被老师提问，教室里善意的哄笑，是擦肩而过时她头发上的香味，也是阳光下他光芒万丈的白衬衣。

20岁的喜欢，是夏天的蝉鸣，激越而纯粹。你抓住它了吗？而20岁那年喜欢的人，现在怎么样了？

可能你们在一起了。你们有一个可爱的宝宝，眼睛像她，鼻子像你，日子吵闹有趣。你有养家的压力，也收获了疲惫时的慰藉。

早上她送宝宝上学，你去上班；下班时，路过菜市场买一些菜；周末会安排郊游，会带宝宝去游乐场；偶尔，你们会忙里偷闲，在家之外过一次属于你们的二人世界。

人生的下半场，还有好几个十年，你们将携手安然度过。用“岁月静好”铭记你们最初的遇见和心动。

可能你们并没有在一起。现在大家各安天涯，不曾问候，不通音讯。回想最后一次告别，连一个拥抱都没有。很难说这结果是好还是坏，毕竟是双方的选择。说有缘无分也好，说爱得不够也罢，总之这个结果，在其中一方决定告别时，就已经写好。

后来的年月里，你有没有想起过他（她）？是沉默着回忆，还是笑中带泪思念？后来的后来，你们各自遇到很多人，在人海中边走边爱，唯有青春，永远不复重来。

可能你们还在发生关联。这关联，可能是兄妹或者是朋友。最初的悸动转化为亲情和友情，实属幸事。

事隔经年，他可能从眉眼俊朗的少年长成了儒雅成熟的中年人，越发沉稳持重；她也许从亭亭玉立的小女生长成了气质脱俗的女神，依然端庄婉约。

人生路固然漫长，但有这样一位亲人和朋友，会有一种天然的亲切感和信赖感，这样也算是上天眷顾、青春不负岁月了。

20 岁那年喜欢的人，在生命的长河中，无论是与你相好百年了，还是散落人海了，都是命运的馈赠，都是值得感恩的。

2

其实，青春会散场，光阴会流逝。在看过长河落日，经历人来人往，跌得鼻青脸肿之后，我们会怀念那个纯朴的时代，那时那刻毫不犹豫的给予与接受，夹裹着温暖的体温，让我们对人生、对感情、对生命，生出天真和乐观。

但，这天真和乐观，越往后就越稀薄。我们会在某一天惊奇地发现，我们的人际圈子已经定型，谁可以肆无忌惮，谁能把酒言欢，在心里早已自动划分。

而爱情，是迎向他人的最大冒险。我们试探、迂回、角力，倘若双方都没有弃局，又权衡完了相关利弊，就上演一局“在一起”的完美结局；倘若有人中途离场，余热未散的那个，可能上演死缠烂打、反复无常的戏码。

出世与入世，是千古智者讨论的话题。平凡如你我，只能是盘算着三餐饭食、四季衣裳的那个俗人。很多时候，爱情在我们心中都有一张清单，上面列出了各种条目：房子车子票子、品行才情长相、家庭背景父母职业等等。这些条目占据着不同的比重，负责筛选合适的、相配的人。

可是，我们过五关斩六将，却慢慢发现了对方的若即若离，所以，我们不再用心，觉得日子将就凑合也不是不可以。我们懂得了，倘若情深就会失了理智，就不能用脑袋去“筹划”爱情，就有可能全盘皆输。爱情里的轰轰烈烈、那个人的撕心裂肺、我们自己的痛彻心扉，是什么时候的事了？已经不太记得了，以后恐怕也不会再有了吧？

看完《花样年华》，会让人觉得成年男女最大的缺点是不够勇敢，只能沉浸在虚虚实实的暧昧里相互试探；看完《泰坦尼克号》，又开始对爱情生出向往。其实每个人心底，都还是在渴望着真爱，渴望那种简单纯粹、真挚恳切、坦荡自然，无论我们涉世未深还是满心伤痕，都一直在找寻。

所以，当他敬你岁月无波澜，当她祝你余生不悲欢，你最想要的，还是桂花香好同看，还是有人能在黄昏时分，问你粥温不温。

3

“肥姐”沈殿霞去世后，秋官郑少秋有一次在访谈节目中被主持人问，到底有没有爱过她？

是啊，有没有爱过呢？这世间，那么多虚与委蛇的试探、欲擒故纵的迂回，那么多语焉不详的理由、模棱两可的借口，你到底，有没有爱过我呢？

当我们谈论爱情时，我们谈的其实是“真心”。所有的委屈、不敢、不甘、质疑、眼泪等等，其实都在问同一个问题：你到底有没有真心爱过我？一声“爱过”，即便是过去式，还是能让我们觉得无悔无憾。是的，既然相逢，既曾携手，哪怕未能共赴白首，也总好过一生陌路。

我们有爱的能力，有在对手戏里去伪存真的智商，但我们首先，要有一颗真心。当我们简单纯粹、认真诚恳，当我们不做“陪练”，当我们建立爱的标准，总有一天，会遇到同样认真可爱的灵魂，这是通往幸福的捷径。

捧出了真心，可能会受伤，会钝痛，甚至还会在辗转反侧的夜里泪落如雨，但这总好过，在中年百转千回的心思里，找不到“燃烧”的烙印，在年老沟壑纵横的皱纹里，找不到“年轻”的痕迹。

对方不以同样的“真心”相待又怎样？岁月流转，生命中所有的修为，都是“今日因”，至于种下的“明日果”是酸是甜，是丑陋还是华美，对方都将会是最终买单的人，你且幸福去，且自在去，不必知晓，无须旁观。

未来很远，生命很长。我亲爱的朋友，就像没有受过伤一样勇敢去爱吧，愿你携带真心，也愿你所遇皆良人。

旧手机里的短信

1

她有一部按键手机，在大屏智能手机盛行的今天，它显得很旧，但她一直在用。

她公然承认自己不够新潮：她拒绝电子产品，视之为孩子的玩具；她虽然偶尔用 E-mail，但更多的却是手写书信，写完主要内容，最后一笔一划写上“X 年 X 月 X 日于 X 地”，有文字的书香更令她愉悦；微信并没有卸载，她做不到活在真空里，但她清楚微信在很大程度上只是用于公事联络，事情谈完就放在一边。

心是从什么时候开始温软的？是起源于他自千里之外寄来的巧克力吧，丝滑甜腻的味道，带着他淡淡的宠溺；也是天南海北神侃的时候，思维会心的碰撞，始知，心与心原来可以亲近至此。

2

然而咫尺之间没有他。只有他发来的，短信。

慢慢短信之旅开始。

收件箱爆满的时候，必须得删除一些，新的短信方能进来。踌躇间，删与不删，哪一句该删，她心里千万难。其实短信里大半也是无聊的废话：

“我这下雨了，你那里呢？”

“早饭喝了一碗豆浆，放了很多糖，很甜，你呢？吃早饭了吗？”

“今天是周末，天气很好，准备一会儿和同事出去看看花花草草。”

……

她也曾自我解嘲：不，这不是无聊，与爱的人，说任何话，都是世界上最甜蜜的事。

3

有时候我会想，若是在那唐代，我们必先有“回顾，笑指芭蕉林里住”的搭讪与试探，你问我是哪里人，我但笑不语，手却指向芭蕉林；接着呢，是“晚妆初过，沉檀轻注些儿个，向人微露丁香颗”，你相邀，我郑重其事赴会，眉端描，唇厚润，还得气如兰；再接着呢，是“花明月暗笼轻雾，今宵好向郎边去”，情到深处的互诉衷肠……

倘若在宋朝，又是如何？是“草色烟光残照里，无言谁会凭栏意”？欢情盛转淡，轻手挥别意中人，山长水远不知处；还是“芳心是事可可”？别离后，万事心头掠，心如浮萍飘，请允许我自我放逐；或者是“一蓑烟雨任平生”？此生爱过终不悔，从此萧郎是路人。

是不是，都一样？爱，不爱，你爱我，我爱他，红男绿女，无非如此。初时的悸动，情深的交付，情逝的惘然，古往今来，概莫能外。爱，既需要表达，也需要记录。

那么，微博、MSN、QQ、微信，无论写在哪里，又有什么区别？

时间一如四季，顺势流转却亘古不变。太阳下山了，明早再升起。爱人的甜言蜜语，总要说出口，落于纸。那都是水珠滴在梦上的心情，又轻又凉，风过无痕。岁月千秋尚能饭，衷情千曲诉不完。

她终于决定，不再抗拒新生事物。生命恒久是棋局，科技飞奔，人心且比科技还要奔得一往无涯才是。

她打开电脑，将素笺上一纸又一纸的低吟浅颂，手机里一条又一条的心事寄存，借键盘生成方块宋体。

我想和你，在小城的街头走一走

1

曾经期盼着有那么一个黄昏，夕阳西下，它的金红饱满的绚丽色彩离地平线只一线之隔，碎金碎银洒落整个城市，起风间，我裙裾飞扬。整个人心情上下翻飞，与你走在古城的小镇上，高跟鞋落在地面的声音，是羞涩的音符，也是暗自的欢喜。

你千里而来，我欣然相迎，我们在街头随便走一走。如果有片刻沉默，那是旧日的争执浮上心头，想着嗔怪却掩于唇齿，多半还是轻言交谈，寥寥数语间问安问好，权当世事遥远不话当年。

2

你眉间的沉稳是岁月的赐予。彼时的寡言少年，经过沉淀和成长，一些东西消磨于俗世，但锐气尚在。不愿时光倒退，此刻的你呀，请允许我长久地凝望。

我的言笑几多豁达，几多通透，又有几分俏皮、几分从容，这也是光阴的累积。我想要问问你，这样的我，可有抚慰你一路风尘？

夜渐深，街灯盏盏燃起，有红灯相迎，红灯相送，款款护持，盛大庄严，仿佛婚礼。——可曾许我白首，与我结发恩爱两不疑？但愿，多年前你思及婚姻这座围城时，我是你想要携手的女子。

信步，边走边聊吧。要和我说说阔别的这几年，你的成长史吗？你是如何脱离樊笼，又是如何勇敢自救，再到如今自信地昂首大步向前走，要不要稍微向我展示展示？请相信，我会回你浅笑，回你鼓励和肯定，而不是年少时的嗤笑。——今时今日，我尚不是那心怀慈悲的菩萨，我只是，想用疼惜和宽厚，度人度己。

3

而我，当然不会向你絮絮叨叨，言婆媳相处，诉物价居高。偶有谈论是情趣，但喋喋不休必然是俗气女子所为。我要和你说点什么呢？说我曾经只身重游旧地，黯然感叹人面不知何处去？说我曾站在地图前，蹙着眉换算，你我城市之间的距离？说我曾梦醒惊坐起，看风吹过窗台，忘了今夕何夕？不不不，这些我都不会说与你知。

——男子的和盘托出，可视作坦荡自信，那份神采飞扬，自有佳人倾倒；而女子，终究是要学会守口如瓶的，低头，敛眉，转身，向前。这份通透，可能需要终生修炼。

我们会去吃一份夜宵吗？这座小城的街头，多的是烟火美食。不妨在喧闹的街市，来一点烧烤，或者啤酒？看你小饮几杯，看你志得意满，我由衷满足，满足于这盛世平欢，这旧友重聚。

我们会回忆起当年的分开吗，在你的微醺、我的颔首轻笑里？时隔经年，那些琐碎的错误，现在思及，还惊天动地、回天乏力吗？而那些，又真的是“错误”吗？会不会是你约定冰岛，我记成福岛的阴差阳错中命运的捉弄？

大概，我们并不介意当年的结局。就像我不介意，你其实已经买好了深夜回程的票，你不介意，我频繁地看手机上的时间。我们可能，只是怀有一种期待。

心怀憧憬，在长长生命路的某天，我们曾相约同聊，聊理想抱负，聊绘画电影。至于当年那未曾走到底的爱，不会再去翻腾了。

夜色渐浓，宴席尾声。我们轻轻拥抱，说了再见，你且离去，不要回头。而我，裹紧风衣，站在原地目送你，长长的目光，遥遥地相送。

4

——我是最佳导演，导出这一场相聚又离别的戏，你是那从未出场的主角。你的不远千里远道而来，我的欣喜相迎款款相陪，都是我的虚构。一切，都是我在臆想。我们没有一起走一走。

日复一日，所有的悲欢都已成灰烬，任世间哪一条路，我们都不能同行。

你很好，但是很抱歉

1

一直以来，爱情是音乐和文学永恒的主题，它让我们勇敢，也让我们拥有丰盛的人生，所以我们对它追逐不止，也甘之如饴。

但很多时候，我们都忽略了，爱和被爱之间，也许从来都不是对等的。

加西亚·马尔克斯在《霍乱时期的爱情》里说："爱情，首先是一种本能，要么生下来就会，要么永远都不会。"

爱情，固然让人充满了期许，但个中滋味，却不总是一路美好。尤其叫人感慨的是，倘若一方心念洞开、烈火烹油，另一方心如止水、岿然不动，双方该如何自处？

或者，更直接一点，倘若有一方不爱，又该怎样处理？

2

“不要哭，并无做错事，动情没有不对。

要是错，错在难共你，天生一对。

给我的，转送下个吧，不要浪费你眼泪。

老实说，为了怎么婉拒，我都连夜没有睡。”

——麦浚龙《有人》

2005年12月，麦浚龙发行了专辑《Walking Underneath》，这首由黄伟文填词、伍乐城作曲的《有人》收录在其中。

这首歌讲述了一个“爱我的人我不爱”的故事：“我”发现自己被人暗恋，虽然知道对方很好，很值得珍惜，但同时也很清楚，自己没办法接受这一份感情。“我”希望用一个委婉的方式来回绝，把伤害降到最低，又想，是不是装作不知道比较好？

黄伟文的填词直抒胸臆，虽然失于余韵美，但歌里的“规劝”在麦浚龙温柔声线的加持下，把“被爱者”对“示爱者”拒绝之后的尊重、爱护、珍惜、真心，诠释得十分妥帖。

示爱者，掷出了很多很多勇气，但如果得不到期待中的回应呢？是在意难平中怨愤悲戚，还是在心甘情愿中悄悄止步？

被爱者，被命运推搡着，成为了这场情事中的“宠儿”，那么他应该志得意满、享尽温柔，还是应该用自己的方式，默默拒绝？

不是每一场情事，都能抵达圆满。面对情深切切的“我爱你”，那句歉意满满的“对不起”，请记得用温柔的方式表达。

这，可以看做是这首歌的苦心孤诣之处。

3

作家毕淑敏说：“爱让人片面，爱让人轻信。爱让人智商下降，爱让人一厢情愿。”

或许我们可以把这句话解读得更明白点：世间万事万物，有耕耘就必有收获，唯独“爱情”，它是没有道理可讲的。

可能共浴爱河的两个人，一个期许永世白头，一个抗拒一生相守；一个耽于柴米油盐宜室宜家，一个喜欢西风瘦马仗剑天涯。

奥地利作家斯蒂芬·茨威格创作的短篇小说《一个陌生女人的来信》中，女主初见男主就一见倾心，她千方百计与男主邂逅，然后完整地献出盛满相思的自己，甚至在后来两人分离的十一年里，她每年都会在男主生日时匿名送上一束白玫瑰，而男主，从来不曾记得她。

如此深情，难以启齿，这种不被回应的心酸，被很多音乐作品诠释了出来。比如陈粒的《小半》、王菲的《矜持》、陶喆的《暗恋》等等，但这些都是从“示爱者”的角度表达出的“沦陷”后的“万劫不复”。

那么，作为“被爱者”，他的心理活动又是怎样的？

陈奕迅的《兄妹》，演绎出了一个非正向的故事以及形象：

“我”一边享受，一边惭愧，但最终还是以“这样的关系，你说多完美”来盖棺论定，令暗恋者、示爱者心酸不忿，无法得到，放手又不甘，卑微至极。

而麦浚龙的这首《有人》则大大不同，“我”对对方感同身受，一边自己为难着“连夜没有睡”，一边真真切切、温温柔柔地拒绝对方：谢谢你对我这么好，但是抱歉啦。

如此迂回婉转，比起那些单刀直入的“不行”或者客套虚伪的“一起加油”等等的拒绝词要好很多，多了很多尊重、疼惜、感激的成分，让人心生温暖和感恩。

我们总会在经历过一些事之后懂得，爱是世上最美好的事，但它不是贪恋和占有。既然某一方在当下觉得“不可能”，就说明在那个固定的时刻里，彼此并不合适。大家都在期盼那个“对的人”，而所谓“对的人”，不仅是指灵魂共振之后的“情同一心”，更是指时机上的“适逢其会”。

两者缺一，唯有不受理，才是上策。显然，《有人》中的“我”做到了。

4

事实上，一个人爱不爱你，你是知道的。

那种心跳加速、荷尔蒙暴涨的羞涩紧张，那种“和羞走，倚门回首，却把青梅嗅”的欲拒还迎，那种想要强烈霸占的冲动，那种急不可耐想要一夜白头的不安，都是我们对一个人动情时的最本真模样，如果你没有在对方那里感知到，那就说明，他不爱你。

电影《他其实没那么喜欢你》中，女主Gigi经朋友介绍认识了康纳，两人共进晚餐之后，康纳却迟迟没有进一步的表示。甚至当Gigi主动把电话打过去，都是无人接听。

后来，在酒吧主人的开解下，Gigi明白了一个道理：如果男人不打电话给你，其实就是不想打给你；如果男人毫不在乎地对待你，那么他真的是完全不在意你。

至此，我们看清了“爱”与“不爱”的泾渭分明，那么两情相悦的爱情，又应该是什么模样呢？

钱钟书和杨绛第一次见面时，一个开门见山地表白：“我没有订婚。”一个毫不犹豫地回答：“我也没有男朋友。”两人原本素未谋面，却在一见之下，倾心倾情，毫无疑问，他们就是对方眼中那个“对的人”。而这也就是两情相悦的爱情了，世界那么大，那么繁华，他们只选择住在对方心里。

如我们所见，和“对的人”相爱了，才是“两情相悦”。诗人朱生豪说：“我初初见你，人群中独自美丽。”初见时刻，双方心头小鹿乱撞、体温上升，这种微妙难言的情状，就是爱情。

张爱玲说：“对于大多数女人，爱的意思，就是被爱。”不得不说，持有这种观点的人，大概是对爱情存在极大的偏见和盲目的乐观。

每一场爱之圆满，都应该是万水千山走遍之后，灵魂结束流浪，心儿得以团聚的幸福。当然，走过人生翩跹长路，我们终会懂得，逢过山，逢过海，可能唯一难以相逢的是，两情相悦的人。即我们常常所说的，爱而不得，是人生常态。

那么我们应该怎么办？我的建议是：继续爱着，但放过自己。把那些自以为的喜欢，自以为的痛苦，都交给时间。

因为，时间是最熨帖的良药，它把很多“我爱你”变成了“对不起”，又把很多“对不起”，变成了“没关系”，最后，它还能把很多“没关系”，变成“谢谢你”。

这种伟大而奇妙的力量，能把我们从以前的万般情执中救赎出来。

最后，愿我们都能在时间之外，存放好那些不被回应的爱，让它们，止于唇齿，掩于岁月，然后，祈求梦醒后遇良人。

我没有删除你，却再也不会想念你了

1

想起一座城，其实是因为想念某个人。

某个 QQ 群里，一个姑娘发起了一个提问：“这个秋天，我常常想起 XX 这座城市，因为那里所有的风景，都是和那个人一起看过的。你们呢，有过这样的经历吗？”

我回：“想起一座城，其实是因为想念某个人，回忆有多美好，思念就有多强烈。”

也许，每个人生命中，都会有这么一个人吧，遇见了，心动了，爱了，倦了，散了，从此以后，一人关灯，一人饮酒。

但，在某个刹那，你还是会想起他。想起课间操时，他偷偷看向你的羞涩眼神；想起哭泣时，他笨拙滑稽地跳舞逗你笑；想起生病时，他焦急紧张地在医院里跑上跑下；想起吃饭时，他婆婆妈妈地给你夹这个夹那个，说要保持营养均衡……

你想起两人在一起时可能美好、可能难过的种种画面，思绪翻滚、眼睛潮湿，但是那个人却已经不在身边。

曾经人面桃花相映红，曾经杏花微雨心萌动，再相见，已是在梦中。

2

想念的滋味，是欲罢不能。

想念一个人的滋味，是在盛夏里饮下一杯冰水，畅快舒适，但之后就再也不能喝了，你只能看着这杯冰水慢慢化成一滴滴眼泪，那眼泪里，有你的欲罢不能。

在“想他”这座迷宫里，你迷路了，上下翻找、横冲直撞，却始终找不到出口。迷路的你，会拿出过去的那些信件，用手细细地摩挲着他的名字，你想按照原地址，再寄一封信过去；迷路的你，会拿出手机点开他的头像，看看他的社交动态、读读他以前的留言，你想敲下一句问候发送过去；迷路的你，还会翻开通讯录，找到他的号码，手指在拨号键上不断徘徊，你觉得按下去之后，就能再次听到他的声音。

眼泪越来越多，心情越来越沉重，“迷路”的煎熬在折磨凌迟着你，你狠狠心、咬咬牙，把信件锁回抽屉，把手机网络关闭。

你害怕自己会去打扰一个不该联系、也不必联系的人，所以，索性眼不见、心不动。汉字八万个，唯“情”字最杀人。凡是已失去的，都教人念念不忘，耿耿于怀。

3

他已离开，你已承受时光洗礼。

想念的情绪就像是一把有灵气的箭，它分毫不差地瞄准了你，并跃跃欲试射向你。意难平中，你决定去看看他最近的动态，看看他过得好不好。但是当你打开各种社交软件，却赫然发现，你们已经不是好友了。他的世界，你已经不再有通行证。

你微微叹了一口气，好像如释重负，又好像心有遗憾。你去翻了翻你们在一起时的那些照片，少年眉眼俊朗，少女眉目如画，风儿轻拂中，发丝飞扬、裙角翩然，一切如梦似幻。

真的是做了一场梦吧。那时，青梅芬芳，竹马青涩；如今，青梅枯萎，竹马老去。事隔经年，他是你不想联系的人，而只有你自己才知道，从“想念”到“不敢联系”再到“不想联系”，你经历了多少暗夜。

青鸟曾探看，彩云曾追月，你已承蒙时光洗礼，往事云淡风轻。

4

从别后，爱不再重来。

应对过去的明智之举，是踏着往事上路。

回望过去，盘点往事，你会发现，你已经不想去了解他最近的生活了，也不期望他对以前抱有留恋了，更不会想象自己在他心里占着怎样的一个地位。

你可能偶尔会想起他，也可能很久也想不起来他，但是你再也不会满世界宣布自己的放弃了，因为真正的放弃永远是悄无声息的。

你用尽全身力气往外逃，就算他把你的名字喊得温柔荡漾也捂紧了耳朵快快地跑。你不许自己回头，不许自己哭。

在时间这个老师的调教之下，你如此断尾求生般自省，然后，自愈不请自来。在某年某月某一个时刻，你模糊而清晰地发觉，你已经不喜欢他了。

从此，你走路带风，你穿山过海，你言笑晏晏，你的过去被彻底埋葬，阴霾也被完全驱赶。

你懂得了，人生有三把钥匙：接受、改变、离开。不能接受的就改变，不能改变的就离开。

和解，自省，怀旧，释怀……在这之后，你以后的幸福将永不缺席。

岁月漫长，终会有一人陪你骑马喝酒走四方，那个人，不会是他；岁月漫长，也终会有一个人携他之手，与他白头，那个人，不会是你。你们相爱多年如知心之人，也会放手给彼此所有碧海蓝天。

第四章

少年与爱永不老去

让我感谢你，赠我欢喜

1

感激常有，惊喜却不常有，但总有那么一些事物，真是让我心情雀跃的：江城3月的樱花做成的书签、下雨天一起躲过雨的屋檐、挥汗如雨时递到手边的蒲扇、夹着金黄落叶的信笺；以及冬天里围炉夜话的温馨一片。

想来，每个人，最初的最初，都是心灵柔软如婴孩，灵魂赤裸如甘露。可是后来啊，是什么，让我们长起了“铠甲”？心是不是在沧桑变老的同时也筑起了密不透风的墙？

每个人的来处，就像是装在盒子里面的糖果，你不知道每一颗是何种味道。而这并不要紧，你记得的，你的欢喜来自那些五颜六色的琳琅和对未知的期待。

感动于那些甜甜糯糯的味道。这是光阴的赠与。

当我遇到一人，将她的心门打开，听她絮絮诉说她曾经的欣喜与动情：生病时落下功课，同宿舍的女生，带给她密密麻麻的笔记；失恋时当街痛哭，旁若无人般不顾及形象，路过的大叔给她撑起了一把伞；工作时不得要领，朋友自遥远的城市，在深夜，发给她精心修改过的策划方案……

想来，这些都已经过去了，消散了。然而，它们仍留在她的记忆里，在她撑不下去，想要放弃的时候，鼓舞着她，让她心头的希望之火，不至于永久熄灭。

2

就像那些文学题材中曾经惺惺相惜风雨同舟的人们：后来陌路的萧红和萧军，初时也是患难与共的；后来不再相爱的张爱玲与胡兰成，初见时也是既有“懂得”也有“慈悲”的；最终没有结为伉俪相守一生的郭襄与杨过，初时也有相惜与守护的……

岁月的河流饶是如此滔滔，冲散爱恨，消灭情愁，虽结局不完满，但最初的感动，仍会在心头萦绕，让人不断回味。而且走过光阴更迭，你会放下、学会与自己和解，之后会心存感激，感谢命运所有的安排和馈赠。

时光无言，如此这般。多年后的我，一定会记得，某一个大雪纷飞的冬天，你织给我的围巾；一定会记得，我无心向学，你悄悄传来的劝慰的纸条；一定会记得，时运不济时，你借口无聊，打来陪我聊天的电话。

一定都会记得的。

虽然我常常是面不展喜色，言不露亲密。但是对我的好我都懂，我只是想深藏于心。

3

我一直认为，那些美好的、独一无二的情感体验，是有排他性的，是要拿来收藏起来，在深夜，在雨季，在雪天，一个人细细品味的，而不是拿来大张旗鼓地展览，将它暴露于大庭广众。

我想，在某个你需要我的时候，我会前来，来到你身边，同你一起，看日落暮色。

我要和你住一间屋子里，晨起煮粥，过午饮茶。傍晚倘若我从外面回来，就给你买一束花。

我会擦亮火柴，让气氛再像从前那般热烈。把你的双手伸出来，给我拥抱好吗？

我不要彼此分别，影子散落四周。我不要眼泪似湖水，困住你眼眶。我不追问远近，自知你已许我情深。

有生之年你不要看海啸，在我的笑靥里甘之如饴就好。而我，会把长发别于耳后，用清亮的眸子，望向你，网住你。然后，在你的一生里，招摇过市。

今夜，我不关心人类，只想你

1

这是一个平常的夏夜，白日的燥热退去，清凉来袭，没有蝉鸣，只有家家户户的窗口透出的点点灯光，或是暖人的黄色，或是亮亮堂堂的白色。

想你在哪个城市，哪个窗户，又是在哪盏灯下？

2

你也许仍然风度翩翩，身姿轩昂。是企业的高层或中层，会议桌、酒桌、谈判桌是你人生事业的主场。

你抛撒血水泪水汗水，只为生命的旅程在规划线上。他们想问你飞得高不高，我却只想知道你忙不忙？一路向上可有人在你身旁？酒后醒酒的汤谁为你酿？清晨的粥谁伴你尝？深夜的泪让谁心疼成殇？

亲爱的你呀，我愿你赶路不必慌张，嘴角时时上扬。

3

你可能依旧风采卓然，漂亮美丽，是相夫教子的全职妈妈。陪伴孩子游戏学习恰合你意。

你早起收拾整理烹饪打扫，只为了让孩子爱人可以准点出门；你是未拿资格证的厨师医生教师，只为事事能亲历亲为；你“十八般武艺”皆精通，只为家人的笑颜；你运动健身内外兼修，他们说你实在不一般。

亲爱的你呀，我祝你青春常驻，韶华不负，且能走出自己的一片天。

4

或者你还是潇洒似风，自由如云，了无牵挂的单身贵族。“大龄未婚青年”对你而言仅是称谓，不是负担。

爸妈以及亲戚聊天时永远只有一个主题，你何时结婚是他们的“焦点”；你也曾想草草地找一个人，还好那只是一闪念。人们说你挑挑选选误了好年华，其实只是因为心动的缘分迟迟未出现；四下无人的街，你的影子伤感又寂寥，对酒当歌的夜，他 / 她有没有朝你看？

亲爱的你呀，我希望你能在对的人到来前，先把自己修炼，来日方可肩并肩。

5

你大概正青春年少，眉目朗朗。是求学于校园的读书郎。6月的栀子花你一赏再赏。

书山有路你登攀，学海无涯你留恋。邻座女孩额头光洁眼神明亮，可大方交谈，耻于偷偷看了又看；隔壁兄弟学富五车豪气干云，需诚恳切磋，好过他日空留遗憾。去旅行去经历去感受，也流泪也失望也疲惫，但不喟叹。

亲爱的你呀，我想你既有诗和远方，也尝苦辣酸甜。

6

今夜，星星有没有眨眼？蝴蝶是不是翩跹？

今夜，风儿吹着柳叶，细雨拂了脸。

今夜，谁把你挂牵？谁给你好眠？

今夜，有没有想起当年？是不是频频回头看？

今夜，谁在天涯？谁在身边？

今夜，想和谁说声抱歉？想和谁道声晚安？

今夜，我不关心人类，只把你想念。

笔落惊风雨，饭成吃货奔

1

食欲，是三种自然欲求中的一种。

关于吃，我在很长的一段时间里是不在意的。

高考后，我离家去武汉上学，闲暇多了，就开始关注课本以外的东西了。那时候比较喜欢吃的是学校对面小巷子里的炒粉炒面，两元一份，量足，佐料齐，盛起后很有色泽感，夹点咸菜放在上面就着吃，很有味道！后来离开武汉，在广州的街头饭馆，也曾和它们重逢，可是味道，远远比不了当年。不知是材料有变还是水土不服？

我的味蕾被激发从而启动，应该是缘于酸菜鱼。那是高考后的那个暑假，我来到武汉打暑期工，在一家火锅城做收银。有一次午饭，厨房师傅为我们做了酸菜鱼，端上来，满满一盆，上面用香菜、葱花、花椒做点缀，下面是细白的鱼肉、看起来油很足的汤汁，夹一筷子吃下去，鱼肉滑嫩，喝一口汤汁，香、辣。从此以后，我就迷上了酸菜鱼。在广州，吃过几家酸菜鱼，不管是四川师傅做的，还是重庆师傅做的，吃下去的味道，还是比不了当年。

2

火锅也是我一大爱。一大桌子人，在汤水跳溅、热气升腾中，把生菜、冬瓜、丸子等只要是你能想到的所谓的配菜往锅里扔。锅底自然是先选好的，想要什么样味道的都能被满足。

学校食堂的热干面味道很地道，关键可能在于芝麻酱。大三时在汉口实习，常常是6：30或7点起床，洗漱完就去食堂来一碗热干面，大清早吃得满口生香。

武汉有十大名小吃，具体是哪些不记得了。对于我来说，这一消息的传授者是大学时的一个老师。当时是在一间大的公共教室，上课的是整个经贸系的学生，我拿了刚收到的信在写回信，听到他讲十大小吃，我赶紧把书翻到最后一页飞快地记下那些小吃的名字。我以为这样就可以深刻记忆，等有时间就把它们都吃一遍。可是毕业时，这本书和其他一些书一起卖了，卖了十块钱。

3

吃，其实还关乎热闹。吃火锅热闹，吃酸菜鱼也可以热闹，但热闹的氛围要人去创造。我也只是一个俗人，平凡的热闹是我要的世俗的快乐。

毕业第一年在广州上班时，我自己租房子住，是一个小小的单间，里面有小小的厨房，于是自己做饭一段时日，后来终觉油烟太大，脏了房间，遂放弃，只是偶尔在完成紧张的工作后，犒劳一下自己，做一些简单的晚餐，通常是炒一个青菜，再做一个番茄蛋汤。一个人的晚餐，倒也吃得自在。

后来，炊具坏掉，我终于彻底放弃了自己做饭。这段时间，中午吃快餐，晚上就吃点面食或水果之类的，像是在打发自己的胃。

可怜的胃被敷衍许久，冷清而寂然，想要温暖它。然，用什么方法？

那个让你做自己的人，才是真的爱你

1

爱一个人到极致，是什么模样？

是卓文君当垆卖酒的贫贱相扶，还是尾生抱柱的至死方休，或是梁祝化蝶的生死相随？

花开花谢、寒交暑、昼替夜、聚复散里，生于太平盛世的我们，过得平静又安然，鲜有重大的、不可抗力事件来助我们看清和考验爱情，那么，如何判断我们真的"遇见"爱情了呢？

诗人罗伊·克里夫特在他的诗《爱》里说："我爱你，不光因为你的样子，还因为，和你在一起时，我的样子；我爱你，不光因为你为我而做的事，还因为，为了你，我能做成的事；我爱你，因为你能唤出我最真的那部分。"

这首诗，或许还可以再简短点：所谓的爱和被爱，度量最恒定的标尺是，我们能否在对方面前做最真实的自己。

2

我的闺蜜小清，在爱情里经历了一场“不敢做自己”到“轻松做自己”的历程。

因为男朋友拥有名校硕士学历，并且在不到30岁的年纪，便坐到了上市公司部门总监的位置，这在一开始的时候，让本科毕业、民企小主管的小清，很是自卑。

于是，她就从日常细节着手，慢慢改变自己，试图“靠近”男友：聊天时必定中文夹杂英文、着装多数是选择呆板的深色系套装、妆容总是成熟冷淡，就连以前喜欢的周星驰，也不看了，通通换成了原声英文版电影，甚至还准备报考在职研究生。

谁知道男友却说越来越看不懂她了。小清在委屈之余，把自己所做的一切“努力”对男友和盘托出。男友一边心疼她，一边很无辜地笑了，对她说：“你穿少女系裙子、化清新淡妆、说话飙脏字、看电影总是笑得前仰后合，这所有的样子，都是我喜欢的。不必改变，做你自己，就是对我的最好回应了。”

原来，吸引男友的，其实就是自己原来的样子。明白之后，小清又做回了那个简单活泼的自己，不再装成熟。

是的，我们爱一个人，爱的是他的眉眼带笑、嘴角弯弯，是他的走路带风、自信满满，也是他的偶尔懒惰、少许软弱。

情至深处，我已不想再去考量，哪一个是最好的你，哪一个又是最坏的你，我只知道，所有你本真的样子，都是我最爱的模样。

3

生而为人，遇上爱情不难，难的是，遇到那个真正懂你，能接受你所有样子的人。有的时候，可能你遇到的人，他有自己的评判体系，你的一言一行、一颦一笑，他都要横加干涉，甚至全盘否定。

我的同事张姐，遇上的便是这样的人。

张姐在婚前，酷爱书法和绘画，常常在工作之余，临摹一幅字帖，涂鸦一幅画作，于挥毫泼墨之间，把凡尘俗世里的苦和累，悉数消解了，然后元气满满地迎接第二天的到来。

谁知结婚后，张姐的爱人却认为：那些个文艺的东西，又不能当饭吃，婚前玩一玩便罢了，婚后，女人就应该做好本分，扫地洗衣服、做饭陪老人，这些才是家庭主妇应该做的。

张姐被爱人阻拦，沟通、抱怨无果后，便只能偷偷享受这些爱好，时间一长，整个人憔悴不堪。

八月长安在《暗恋》里说："在两个人的感情世界中，一锤定音的，不是心有灵犀的睿智，不是旗鼓相当的欣赏，更不是死心塌地的仰望。是心疼，是怜惜。是两难境地里，那一点点无可奈何的舍不得。"

其实，我们爱了一个人，便是"舍不得"，舍不得他蹙眉、低头，更舍不得强加自己的意志给他，剥夺他孩子般的笑容。

爱情里，当他逻辑清晰、理性为上，并不代表不爱你，但当他框架太多、控制欲望太盛，请问你该如何挥洒自己的热情？

4

美国小说家丽莎·嘉娜在她的小说《消失的爱人》中，借“尼克”这一角色，说了这样一段话：爱情想让你成为一个更好的人，没错。但是有没有可能，爱情，真正的爱情，同样给你只做自己的权利？

我想答案是肯定的。很多年前，朋友送了我一句话：有的人对你好，是因为你对他好，有的人对你好，是因为懂得你的好。

转换到爱情上，考验一对有情人能否相扶相伴一直走下去的关键，便是他们有没有在对方面前做真正的自己。

不必360度无死角尽善尽美，不必每分每秒都处于高光时刻。我知道你总是忘带伞，你知道我天黑怕路远，可我们还是相爱了。

我们从不说“你这也不好，那也不好，但我原谅你”，我们只说“你很好，我也很好，只不过不一样罢了”。

爱情的最高境界，是这两个字

1

在书中读到这样一个故事。

1934 年的某一天，林徽因和丈夫梁思成起了争执，他们互相辩论，各不退让。

最终林徽因落败，独坐垂泪；而不肯道歉的梁思成，拂袖离去，坐火车去了上海。

读完之后我非常吃惊，印象中的林大美人，一辈子都是被梁思成捧在手心的，她怎么也会经历俗世夫妻之间的摩擦呢？

无独有偶。前段时间，网上接二连三爆出明星出轨的新闻。

大家一边看一边叹息：执子之手容易，与子偕老太难。

也有人发出疑问：一生只爱一人的专一，还存在吗？

其实，由一见钟情的心动，衍生到和谐圆满的婚姻，话题非常宏大。

围城之内、恋人之间，人的需求是多向度的。

有时候是举案齐眉的尊重，有时候是高山流水般的知心，还有时候是贫贱不移的坚定和大度宽宏的隐忍。

所以，纵有三头六臂，也难免会百密一疏。

那么，抛开心理学家、婚恋专家笔下的那些理论和铁律，爱情与婚姻的底层逻辑和最高境界，到底是什么？

两个字：成全。

2

第一种成全，是女人成全男人。

2018 年，电影《我不是药神》一上映即成热门，主演兼监制徐峥实力圈粉无数。

在此之前，徐峥导演兼主演的电影《泰囧》成绩也相当漂亮，上映一个月，票房就达到了 12 亿元人民币，成为中国电影史首部票房过 10 亿的华语电影，开创了中国电影史的新纪元。

从普通演员到大牌导演，徐峥的成名之路，少不了妻子陶虹的辅助。

表演天分很高的陶虹，结婚生子后就很少露面，一直在家相夫教子。

比如，《泰囧》和《港囧》的拍摄，她给出了很多建设性意见。

并且，她还倾情出演了《泰囧》，并在《港囧》宣传期间为丈夫站台，发微博到深夜。

陶虹还有导演才华，早在几年前拍摄电视剧《红色》时，因为导演生病，为了不影响拍摄进度，她就现场当起了导演。

黄渤曾公开表示："有时候陶虹指导的故事架构比徐峥还强。"

尽管能导能演，陶虹还是在才华和家庭之间，毅然选择了后者，对此有人感慨她牺牲太多。

但她却只说："我从不觉得自己是在牺牲，只是在做我喜欢的事情，比如和孩子在一起，看她长大。"

这种"辅助"和"成全"的故事，还发生在李安和妻子林惠嘉之间。

两人结婚时，李安才华无处施展、名不见经传，赋闲在家，靠林嘉惠的微薄薪水度日。

自尊心强又极敏感的李安，曾偷偷出去学电脑找工作，林嘉惠得知后说："学电脑的那么多，又不差你李安一个，记得你的梦想。"

从此李安就包揽所有家务，当了6年的"家庭煮夫"，每天负责买菜做饭带孩子，晚上和孩子们一起等待"英勇的猎人妈妈带着猎物回家"，林惠嘉则负责赚钱养家。

女人为一个男人，放弃自己如日中天的事业、优渥清闲的生活，或相夫教子、操持家务，或赚取钞票、供给物质，不管长期还是短暂，都是一种成全。

这种成全，是一份深情厚谊、深明大义在托底。

3

第二种成全，是男人成全女人。

以前人们常常说，每一个成功的男人背后，都有一个默默付出的女人。

其实，每一个成功的女人背后，也都有一个默默付出的男人。

比如香港女特首林郑月娥，她能一路高歌猛进，专注自己的事业，背后就离不开爱人的支持。

她的爱人是大学教授，算得上事业有成。但面对林郑月娥事业势头比自己强的局面，他没有像常人那样去打压或者力争超越，而是选择了甘居幕后，默默承担起照顾家庭和孩子的重任。

当林郑月娥去了英国，他也辞职跟随前往。

这种“妇”唱“夫”随的故事，《归来》《金陵十三钗》《芳华》的原作者严歌苓也经历过。

严歌苓的第二次婚姻，结婚对象是一个美国人，当时中美还没有建交，她随丈夫在美国生活。

她热爱写作，但是当时写作收入不稳定，她又想去找一份工作。如果去工作，势必就会影响写作。

她的丈夫知道她最热爱的是写作，就对她说：一次只能做好一件事，你就安心写作吧，家里有我呢。

在丈夫的支持和成全下，严歌苓写出了很多很多脍炙人口的作品。

后来，中美建交，她的丈夫恢复了外交官的职位，带她去非洲，去很多的国家。

严歌苓只用全心全意地观察体验生活，安心写作，其他事情丝毫不用担心。

她说，没有丈夫的成全，就没有今天的成绩。

除了女人成全男人，男人也是可以成全女人的。

能成全女人的男人，心智圆熟、处事通达，这份智慧和担当，完全构筑得起一份有深度的爱。

4

第三种成全，男女双方相互成全。

高晓松曾在《奇葩说》上说：

"一段好的感情，应该是相互成全，成为最好的对方，成为一个纯良磊落诚恳的人。相爱是一生或是一段，都应该是两个自由的灵魂的事。"

法国就有一对男女是这种相互成全的关系。

让·保罗·萨特和西蒙娜·德·波伏娃是本世纪法国最伟大的思想家、哲学家和大作家，他们是超越婚姻的终生伴侣。

两人相识时，萨特 23 岁，而波伏娃 21 岁。

此后他们的一生就紧紧相连。萨特在文学、哲学、政治活动中的每一步，都有波伏娃的身影，他一直把波伏娃视为智力水准上最理想的对话者。

他的成名作小说《恶心》和哲学巨著《存在与虚无》都是献给波伏娃的。

《存在与虚无》大肆张扬“人是自由的”“自由是一个人对他的存在的选择”“存在就是合理的”“存在主义是一种人道主义”等存在主义基本观念。

而波伏娃的《第二性》，则以“女人不是先天生就的，女人是后天形成的”作为其女权主义的基石，目的也是为普天下女人争取命运的自由。

可以说，两人互为生活和事业中最亲密的伴侣和知己，用《存在与虚无》和《第二性》彼此献祭。

在我国，也有这样相互扶持的男女，他们是杨绛的父母。

杨绛的母亲叫唐须嫈，出身富贵人家，贤惠但不迂腐，温柔但有主见，平和却有智慧。

她嫁给杨绛的父亲杨荫杭后，凭借自己的才识和智慧，将自己的家庭生活打理得非常出色。

杨荫杭是胡适的老师，做过政府官员，还曾经是名律师。

但是回到家里，他跟妻子唐须嫈，是无话不谈的知己。

杨荫杭除了和唐须嫈聊日常，还会拿出一些案子和她讨论，见识极高的唐须嫈，总能提出一些独到见解。

杨绛先生在《回忆我的父亲》中曾提到：

“他们谈的话真多，过去的，当前的，有关自己的，有关亲戚朋友的，可笑的，可恨的，可气的……

他们有时嘲笑，有时感慨，有时自我检讨，有时总结经验。

两人一生中长河一般的对话，听起来好像在阅读拉布吕耶尔的《人性与世态》。”

美好的男女关系，应该是这样的：作为个体时，是人群中熠熠生辉的那一个，两两胶合时，能以比肩的智慧、认知来相互成就和成全。

5

爱情的最高境界，是成全。

无论是成全对方，还是双方相互成全，这都是爱情和婚姻中的最高境界。

相比于时间长河的无穷无尽，所谓的人生百年，何其短暂。

而短短一生中能相遇于广袤人间的我们，一定是有特别的缘分，更何况上天还赐予了丘比特之箭，让我们将缘分升级为依恋、缠绵、相守。

所以，还有什么借口，要相互伤害、掠夺、侵占、抛弃、背叛？

刘晓庆曾说：“女人应是水，当你落于低处我将拥入怀，抱着你给你温润和煦；当你站于高地，我便退去，让你独揽光芒。”

这是出让自己，成全对方的谦谦君子风貌。

张嘉佳说：“一切问题的答案都很简单，我希望有个如你一般的人，贯彻未来，数遍生命的公路牌。”

这是你中有我，我中有你，双方相互成全的浪漫。

爱情和婚姻，终归要有一个支撑点来立足，这个支撑点可以是柴米油盐的平淡，可以是锦瑟和鸣的情深，还可以是你陪我一段、我伴你一程的成全。

复旦大学教授陈果说：“完整的爱情包含激情（怦然心动）、亲密（一往情深）、奉献（有始有终）。爱情等于人，但爱情的力量堪比众神。什么叫爱情？那就是相互成全对方的完整，一起实现共同的圆满。”

爱情和婚姻中的成全和相互成全，是一种大气磅礴的滋养。

这份正向、良性的亲密关系，最终所反哺到的，都是我们自己。

在爱情里，需要运气，更需要努力

1

昨天和一个朋友聊天，他给我讲了他和他女朋友的各种“腻”：锻炼身体、讨论功课、周末兼职、假期出游等等，两个人都要一起去经历，共同去完成，仿佛连体婴儿。

在他对“腻”的描述里，我联想到有不少人，飘零半生，仍是孑然一身，不禁非常感慨地说：“祝福你啊，你运气真好，遇到了一个和你惺惺相惜的好女孩。”

他说：“不是的，不仅仅是运气，爱情不是光靠幸运就可以得到的，更重要的是不断地付出和经营。”

我在那一刻，醍醐灌顶。获得称心如意的爱情和婚姻，运气只占一小部分原因，起决定性作用的，是你的努力。

2

如何努力？朝哪些方面努力呢？

第一、看到对方的优点，更要看清楚对方的缺点。当初既然有电光石火的吸引，对方肯定有你欣赏的地方，但是金无足赤，人无完人，在建立恋爱关系、缔结婚姻前，睁大眼睛，把对方的缺点放大十倍琢磨一下，看看自己能否接受。

第二、要付出，也要索取。付出很好理解，关心啊、责任啊、义务啊等等，都是付出的范畴。为什么要索取？为了保持平衡，也为了让对方清楚明白你的需要。你是有诉求的，有要求的，不可以被当做空气一样忽略。

第三、共同进步。这一点其实最重要。时代发展到今天，所有长久的关系，都是讲一个“势均力敌”的，说到底还是交换价值、分享利益。倘若一方追求向上，另一方自甘堕落，那么你对我的价值，除了那初时的悸动，还有什么？

第四、平等。你是个体，我也是，我们虽然恋爱、结婚，但精神上，我们相互独立。我们可以在疲倦、懈怠时依靠对方，但不可一生一世依赖对方。我尊重你玩电子游戏，你不干涉我养花种草。

……

所谓“努力”，不外是，婚前睁大眼看缺点，婚后睁大眼看优点；相互尊重、理解、付出；有共同的爱好、相同的进步追求，等等。

3

在爱情里，你为什么总是运气不好？

因为，你总幻想着，遇到“对”的人。

幻想他最好无原则迁就你，无条件服从你；

幻想他有马云的财，梁朝伟的貌；

幻想她有范冰冰的容，李清照的才；

幻想不管自己是玩深沉还是装文艺，她都会是你的解语花，懂你的旷世才华；

幻想自己十指不沾阳春水，他都会鞍前马后，给你买买买；

幻想作天作地作空气，对方仍当你是唯一。

……

你这么想遇到一个“对”的人，却不知道，可能对于别人来说，你是“错”的那个人。

你想得这么多，想得这么美，你付出了什么？

好好修炼自己，别让你的怦然心动，变成擦肩而过。

好好经营爱情，别让你的一见如故，变成一拍两散。

当我们听歌时，我们在听什么？

1

前一段时间我一直在听赵雷的《成都》。听歌的时候脑子里的画面是酒、垂柳、小城阴雨。

唱的是离别，道的是自由。

成都本来就是一座慵懒的城市，经赵雷沧桑的嗓音一唱，更加别有一番浪漫味道。

后来这首歌出了 MV，高圆圆出演女主，美得不像话。整个画面清新文艺，很有意境，推荐大家看看。

2

两三年前，我听李宗盛。

他是一个大叔，一个老男人。他的歌里，有青春，有爱情友情，平凡琐碎，却熠熠生辉。歌词简单直白，不骗人。

喜欢他人到中年的世事洞明，该放下的都放下。

我曾经在一篇影评中写过关于中年的种种，尽管反响不错，但始终觉得不够深刻。人到中年是什么？是挺着肚腩，拖着孩子，为柴米油盐斤斤计较？是慌慌张张，为碎银几两？

我正在经历，待解。

3

时间再往前，我听的是陈奕迅。当然更多的，是林夕作词的陈奕迅。

听他唱爱而不得：闭上眼睛你最挂念谁，眼睛睁开竟是谁？

听他唱友情的随风而逝：来年陌生的，是昨日最亲的某某。

听他唱血缘的亲近和爱：任世间再冷酷，想起这单车，还有幸福可借。

听他唱友情以上的暧昧：你得到于事无补的安慰，我也得到模仿爱上一个人的机会。

他的大部分歌，听懂了都不会觉得治愈，只是让你用最认真最平静的方式去怀旧。

4

现在呢，是兼容并蓄，各种歌曲都听，只一条，对味、喜欢即可。

前段时间，毛不易的《消愁》很火，那四杯酒，喝醉了很多人，而我以为，那歌里，其实是人生：

一杯敬朝阳，一杯敬月光；（少年）

一杯敬故乡，一杯敬远方；（青年）

一杯敬明天，一杯敬过往；（中年）

一杯敬自由，一杯敬死亡。（老年）

不经世事，不历人情，大概只能为唱而唱，是真的有所感有所悟了，才知真味。

今天，我翻出了一首老歌：孙浩的《中华民谣》。这首歌嗓音清脆，发音清晰，前奏一出来，就好像拨开了光阴的尘埃，记忆飘回到了童年时期。犹记得，那个时候，逢节日、生日，就会有人到电视台点歌送人，这首歌，出现的次数最多。

今天再来听，我反而有了不一样的感触：聚散离合是美，茶米油盐是诗。

这首歌的下面，有网友这样评论：

“少年不知惜时光，嫌天短，怨年长，花落雁飞，望远登山岗。而立方知世事艰，披风雨，踏雪霜，奔波只为生计忙，恨天短，愿年长，独步月下，悔泪满衣裳，梦里惊醒回首处，人生短，岁月长。”

好一个岁月长，人生短。

学生时代，不知人世艰难，读《滕王阁序》只觉得对仗工整，文辞清丽。等到毕业、成家之后，越来越习惯于那个平凡乃至平庸的自己，父母渐老，一路走过，能帮持自己的只有自身，生活里的衣食住行，哪件不是要殚精竭虑思考的东西，这时再回头看自己当年的豪情万丈和八千里云月，再读到这句话，才会潸然泪下。总是满怀希望，总是心有不甘。用文中的话讲，便是“老当益壮，宁移白首之心；穷且益坚，不坠青云之志”吧。

5

我始终坚信，岁月是一场有去无回的旅行，好的坏的都是风景。

曾经，我们叫嚣着诗和远方，现在，我们苟且当下；

曾经，我们幻想着星辰大海，现在，我们应对生活。

刚过而立，还好，岁月的粉尘，尚未来得及完全掩盖住心底和灵魂的精神气。凭着这精神气，我们即使苟且地应对，也是不露疲色，不显慌张。

所以，我们被伤，也伤人。我们途径人山人海，边走边爱。

所以，我们对过往情真意切，永不回头，我们踌躇现在，期许未来。

写歌的人认真，听歌的人用情。当我们听歌，我们听的是自己的过往岁月，以及对明天的期望。

约翰·肖尔斯在《许愿树》中说：没有不可治愈的伤痛，没有不能结束的沉沦，所有失去的，会以另一种方式归来。

愿我们在歌里，找到自己的人生，抚慰、温暖我们。将一腔哀痛和满怀挫败卸下，然后一往无前，所向披靡。

让人觉得愉快的事儿

1

让人觉得愉快的事儿有时候其实很简单，可以是五月的某天早上，发现小区里的栀子花开了，大朵大朵的白色花瓣，被嫩绿色的枝丫撑举着，无比妩媚，艳冠群芳。微风过去，隐约清香阵阵。看到这个景象，是很让人愉快的。

让人觉得愉快的事儿可以是在四、五月间，早上 6 点钟听到燕子的呢喃，叽叽喳喳，飞进飞去，心里疑惑它们啥时候在房间里垒了个窝？

可以是听到电话里，妈妈唠唠叨叨，说一些家长里短，不断操心着新家的装修，说什么先简单装装，柜子不要定做，直接买（成品），以后还有换的余地。我听得出，她还有精力操心着我的琐碎生活，元气还在。

楼下住了一对退休老夫妻，每到傍晚屋子里必定会传来二胡的声音。想必是初学稍稍有点滞涩，不过丝毫不影响美感。我喜欢他们的生活状态，这是让人愉快的。

2

让人觉得愉快的事儿是闻见干菊花被开水冲泡的香气，是慢慢煎了很久的鱼的金黄的色泽，是夏天烈日晒过之后的衣服香味。

奶娃娃在年轻的妈妈怀里一拱一拱的，我逗弄着抱他，左手托住屁股，右手抚住后背，他贴在我胸前，我一低头，闻见淡淡的奶腥味，竟是香的。夏天汗多，衣服洗干净后，用清水泡一会儿，滴几滴花露水，等个十来分钟再晾起来，经过一天大晒，第二天穿，有非常清新的香气，淡淡的，任何香水都给不了。这也是让人愉快的。

3

让人觉得愉快的事儿是喝泡了第二遍的茶，舌头凑过去，竟然还有“美人迟暮”的味道，苦涩里面，竟然还有香甜。

我吃了两块西瓜，喝了一碗绿豆汤，来了一根冰淇淋，自我感觉要长很多肉，到秤上一称，还是不过百，这是让人愉快的。

深夜的大排档，荤的素的串串，再来一点啤酒或者饮料，风起，忽然想起那年的你，你嘴里的味道是否是这啤酒的味道？也苦，也爽。这是让人愉快的事儿。

4

让人觉得愉快的事儿是牵着宝宝的手，滑，嫩，软；抱抱她，她温软又体贴地在你怀里撒娇。

睡不了软床，一睡腰就酸，去某个网店买了一张硬板单人床，午睡床样式的。晚上洗了澡开了空调，还开着小风扇（没办法，就是这么怕热），往上一躺，浑身上下都舒服。这是让人愉快的。

5

让人觉得愉快的事儿是刚刚发布的文章，随手发了个朋友圈，五分钟后收到打赏红包。

有钻研易经、风水知识并自成体系和派别的老师来和我讨论诗词，看他的作品，四言、五言、词，都有造诣，我暗自佩服且自愧不如。知道世界很大，除开吃饭的本领，各人有各人的法宝，多的是锋芒暗藏的人。这是让人愉快的事儿。

生命中，眼、耳、鼻、舌、身、意，都有让人愉快的事儿。

黄粱一梦二十年，世间最苦是不能遇见你

1

很久之前，看汪涵主持的《天天向上》，嘉宾是陈升，陈升一出场，问欧弟：有人欺负你吗？许是乡音情怯，一句话，问得往日搞怪耍宝的欧弟眼眶泛红。

而我也在那一刻，觉得这个男人的某些地方，是超然的。后来也陆陆续续地听过他的一些歌，《把悲伤留给自己》《20岁的眼泪》《北京一夜》《风筝》等等，有情殇，有成长之痛，歌词全都直抵内心，引人情动。最难忘，要数那首《牡丹亭外》。这首歌收录在他2008年年底发行的专辑《美丽的邂逅》中。陈升随性悠远的声线，让人沉醉的同时，也对“写歌的人假正经，听歌的人最无情”的提炼拜服不已。

细品之下，这首歌其实还有更深邃的寄托。陈升作词，历来有在具象的时空里找寻灵感的习惯，他把目光投射到传统戏曲之中，用黄梅戏《女驸马》和《牡丹亭》（全名《牡丹亭还魂

记》）作载体，穿透历史的迷雾，超脱人物的命运，对古往今来的爱恋予以总结。

2

“为救李郎离家园，谁料皇榜中状元”讲的是襄阳道台之女冯素贞自幼许配李兆廷，而后李家败落。冯素贞的父母逼李兆廷退婚，甚至构陷为盗。冯素贞男装出逃，冒李兆廷之名应试夺魁，成为女驸马。洞房花烛夜，冯素贞冒死陈情，感动公主，终于为李兆廷一雪沉冤。李兆廷与冯素贞的死生契阔，陈升由此引申：李郎一梦成过往，风流人儿如今不知在何方。

你问我何为世间最苦？世间万事不苦，最苦的是“不能遇见你”。听歌思今，也是感慨万千。黄粱一梦二十年，我以为兴衰看遍，但依旧红尘有梦，到头来不懂爱也不懂情。

是否真的是“写歌的人假正经，听歌的人最无情”？故作正经的，未必不曾心思萌动，而听歌的，情海泛舟，也终有登临彼岸的一刻，长长久久的沉湎，自是不作指望。

《女驸马》之后，《牡丹亭》的内核，有跨越阴阳的隐喻在其中。

杜丽娘和柳梦梅在梦中邂逅，醒来，杜丽娘相思成疾而逝。三年后，柳梦梅赴京赶考，借宿杜丽娘所葬的梅花庵观。杜丽娘游园惊梦，还魂与柳梦梅相会。——呼应了歌词中的“黄粱一梦二十年”。

此后，杜丽娘重生，两人历经磨难，终成眷属。

有道是：情不知所起，一往而深。恍恍惚惚一瞬间，黄粱一梦二十年。

3

这首歌在回环中往复，既对照了古今，又把戏曲与生活交相重叠，映照出理想和现实的倒错。

情情爱爱之间，谁在用尽心思，谁又徒留遗憾？陈升笔锋游走，把“情”之一字，了了勘破。

这首歌赢得大票人的心动泪洒，与陈升凌厉精准的笔力不无关系。“情”字最杀人，假如将这首经典提炼，我想应该是：写歌的人断了魂，听歌的人最无情。

千滋百味，纵有残缺，也难逃“情”字。一朝梦醒，盼桃花春风有佳人。唏嘘自嘲之余，以憧憬为寄托，不过是，黄粱一梦二十年，牡丹亭外依旧雨纷纷。

致匆匆忙忙赶路的你，别爱得太迟

1

现在的人，普遍很焦虑、很慌张，因为房价太高、物价太贵，因为账单太厚，钱包太小。

如此沉重的现实压力之下，大家只好寄情于工作，期望自己能在那个小小的办公室里，靠出售体力、精力，来搏一个职位跃升、薪水增长。

于是就狠狠加班，每天坐着夜晚的末班车，零点或者更晚才会上床睡觉；每个周末，名义上是休息，其实整整两天都埋头在电脑前，不是做工作总结，就是在上各种网络课。

父母、爱人、孩子、朋友，统统抛在一边。喜欢的那家菜馆，已经想不起在哪条街上了；身上的衣服，还是前年的基本款；郊外的那片湖，上一次去还是好几年前……

在整个社会的高速度运转之下，我们的生活，就只剩下“忙”这个字了。

然而，如此沉浸于“忙碌”，究竟好不好呢？

《央视财经》曾在2016年做过报道：巨大的工作压力，导致中国每年“过劳死”的人数高达60万人，已经超越日本成为“过劳死”第一大国。

看来，凡事太过，后果将严重至极。

2

对于这种“醉心工作、无视万物”的状态，早在十几年前，林夕就写了一首《爱得太迟》对我们进行劝诫：这一生，我们忙着升职，忙着赚钱，因此会忽视和错过很多很多东西，比如嬉笑打闹的朋友、两情相悦的恋人、亲恩胜天的父母亲人等等。如果不希望一切来不及，就应该慢下来，好好付出爱，好好享受被爱。

简单来说就是珍惜眼前人，与其爱得太迟，不如爱在当下。

这首歌背后，是古巨基一个朋友的亲身经历。

他朋友在母亲节那天买了一份礼物回家，妈妈说：“等我洗完澡再拆吧。”结果她在洗澡的时候晕倒，送到医院后就过世了。

古巨基把这个故事分享给林夕，盼望借他的笔，劝告大家别因为工作而忽视了生命中重要的人和事。

林夕在体力透支的情况下，写了5遍，完成了创作。

整首歌听下来，我们仿佛看到一个钱永远赚不够、工作永远做不完的“奋斗者”，在向我们娓娓道来他的故事：朋友渐远，父母已老，爱人已走，自己身体也处于亚健康。

听之心酸。

3

对于古巨基在这首歌上的演绎，大家都纷纷评价“暖”。

是的，他不光声音暖，而且各种演唱风格基本都能驾驭，技术上也没有明显的短板，各种类型的歌都能唱得轻松自如。

除了是观众眼中的“五阿哥”、“书桓”，事实上，声乐基本功扎实的古巨基，还是一位在香港乐坛与陈奕迅分庭抗礼多年的男歌手。

如此丰厚的成绩，全是他一点一滴积累出来的，坎坷、磨砺锻造了他前进路上的基石；等待、煎熬、努力为他赢得了掌声和称赞声。

没有一蹴而就，也没有一气而成，所有的荣耀，都是在经过暗夜后才到达的。

所以，如果我们现在两手空空，就着急焦虑、慌慌张张，然后忙忙碌碌，毫无方向地把自己整个人都沉溺在“向上”中，把身边的人都抛弃在“爪哇国”，那是非常不可取的。

星光不问赶路人，时光不负有心人，慢一点，别慌张，该有的，都会有。

4

当然，在当前多元化价值观之下，我们被时代裹挟着向前，常常是身不由己。

当时间来到新的月份，有人马上感慨一年光景转瞬即逝，然后着手盘点年度计划的完成度。这种“时不我待、只争朝夕”的奋发上进模样，当然是特别振奋人心的。

但与此同时，我们是不是可以从别的方面着手，尽量让自己从无止境的忙碌中解放出来，然后陪陪家人、爱人、朋友？

比如，无论是新手期的菜鸟，还是跨越式成长的“大牛”，都需要时刻保持足够努力，掌握核心技能，开拓出属于自己的资源等等，这样日积月累下来，我们“忙忙忙”的日子自然就越来越少了。

想起前段时间，一位研三在读的朋友要去北京实习，临行前，我在微信上和他嘻嘻哈哈道别。

我说：“送你一首歌，叫《北京欢迎你》，用雾霾欢迎你，用‘996’（指早上9点上班、晚上9点下班，一周工作6天的工作制度）欢迎你，用5万/平方米的房价欢迎你……”

早就准备撸起袖子征战帝都的他，回复我四个字：话不投机。

我笑得快要拆掉键盘。

年轻多么好，用一腔热血追逐梦想，既是最忙碌的斗士，也是最昂贵的人才，还有最值得期待的明天。我们应该努力工作，但千万别让我们的生活只剩下工作。

听万千情歌疗伤，都不及这一曲断肠

1

阴天 在不开灯的房间
当所有思绪都一点一点沉淀
爱情究竟是精神鸦片
还是世纪末的无聊消遣
香烟 氲成一滩光圈
和他的照片就摆在手边
傻傻两个人 笑得多甜

——《阴天》

莫文蔚的这首《阴天》，是她整个音乐生涯中极具代表性的歌曲，作为主打歌收录于1999年发行的专辑《You Can》中。

1999年，这个属于上世纪末的年份，说起来，难免恍然觉得世事遥远。

关于那一年，有与“千禧年”相关的种种预言和争论，也有日新月异的科技发展成果，更有诸多代表国家逐渐强盛的政治事件。而具体到小人物的柴米油盐、风花雪月上，有莫文蔚在《阴天》中，以通透慵懒的嗓音来发出内心的疑问："爱情究竟是精神鸦片，还是世纪末的无聊消遣？"

自语言产生以后，人类以结绳记事、文字来表情达意，音乐作为其中的一种语言工具，有时候反映的只是人们当下的状态，倘若听的人没有沉入到个中情景，理解起来便始终像隔着一层东西；而有时候，某首歌、某个曲子，甚至某句词，它本身自带的质感，很轻易就能营造出一种普适性，使得我们不问昨日情感来路，仍然认同感满满。

正如歌中唱的："感情不就是你情我愿，最好爱恨扯平两不相欠，感情说穿了，一人挣脱的，一人去捡。"

普天下的爱情，它都是自己走自己的路的，上至皇亲贵胄，下至贩夫走卒，在爱情中，从来遑论"公平"，而大众男女身处其中的博弈，莫不是从"开始总是分分钟都妙不可言"，到"感性赢了理性那一面"，再到人去楼空，仅剩照片可以怀念，照片里"傻傻两个人，笑得多甜"。

疗伤情歌千千万，最断肠，要数这一曲《阴天》。

2

毫无疑问，《阴天》是直白而残酷的，李宗盛精准的笔力，不留余地、直指真实，一丝一毫温情也无。

他让你的心里大雨滂沱，你以为哀伤到极致，就会因此心死而作罢，不，还不算，他还要把这场情伤的战线无限拉长：这歌里的细微末节就算都体验，若想真明白，真要好几年。

音乐是用来记录、陈述生活的，李宗盛之所以能写尽天下女人心，一方面得益于个人的音乐才华，另一方面，也得益于他丰富的经历与感受。

莫文蔚独特的嗓音，把我们带到一个不开灯的房间，那里，有一个心怀疲惫的女子，她缓缓倾诉、娓娓而谈。

那些年，爱情中的疑点、盲点，呼之欲出，那么明显，开始，我们以为花常开、月常圆，却不料越往后走，两人之间的空白越来越多，直到某天，喧闹的喜宴，沦落为香烟氤成的光圈。整场情事，在序曲与完结篇之间轮回了一遍，荒唐中有讽刺，哀伤中有遗憾。而后来，我们也只能黯然神伤、孤单离场。

有意思的是，这首歌还有个李宗盛本人演绎的版本。在另外一个版本中，这个中年大叔把一些词念了出来，他用讲故事的手法，帮人解惑、劝人解脱。

同一首歌，莫文蔚演绎的是无奈，李宗盛演绎的是洒脱，像极了两性对于感情的本真反映。这也算得上是这首歌的奇异之处了。

3

事实上，爱情总是残忍的，一经发生，即达巅峰。

那种心跳加速、荷尔蒙暴涨的怦然心动，那种“和羞走，却把青梅嗅”的欲拒还迎，那种想要强烈霸占对方的冲动，那种急不可耐想要一夜白头的期许，都在初遇见时就已经开始被预支，从此以后，再怎么走，都是下坡路。

那么，为了避免凋零，我们就要避免开始吗？

张爱玲说：不爱的爱情，永远不会变坏。所以，我们调情，我们暧昧，却永远不要相爱。

于是，一部分聪明人，学会了保持距离远远观望，不再主动撕心裂肺去爱一场。还连带着，对爱着自己的人，也虚虚实实起来。

《阴天》让我们每个人观照自己在爱情中的成与败、得与失。这一路走来，路途是通往幸福的终点，还是序章的起点，靠命运的成全，也看双方的修为。

祈愿生于这繁复红尘的你我，如未曾被爱，走过翩跹长路，梦醒仍有归处。也祈愿主动爱的人：有信念，不再惧怕时间打败爱情；有勇气，去踏最清的溪水，去跨最汹涌的河流，去迎接最暖的风，去碰最冷的雪，去见心心念念的那个人。

读一首诗，哼一首歌，借一句刻骨铭心，来日方长

1

夏夜的星空繁星闪烁，能让你一眼看到的，一定是最亮的那一颗；吵闹的人群熙熙攘攘，能让你一眼万年的，一定是最特别的那一个；浩渺的书海异彩纷呈，能让你一读倾心的，一定是最走心的那一句。

2014 年 12 月的某一天，我在逛豆瓣时看到一首诗：

“借我一个暮年，
借我碎片，
借我瞻前与顾后，
借我执拗如少年。
借我后天长成的先天，
借我变如不曾改变。
借我素淡的世故和明白的愚，

借我可预知的险。

借我悲怆的磊落，

借我温软的鲁莽和玩笑的庄严。

借我最初与最终的不敢，

借我不言而喻的不见。

借我一场秋啊，可你说这已是冬天。”

虽然当时并不知道诗的标题以及作者，但惊为天人，一读倾心，再读倾情。后来在2015年的春晚上，听刘欢唱那首《从前慢》，读《借我》时的感觉又来了，于是就去百度了一下，于是才知道了木心先生，以及他的一些作品。

不得不承认，好词句，真的是有脚的，你与它对上了眼，它就直直地走到你心里去，不在你心里烙个印、泛一波涟漪、荡一阵清风，它誓不罢休。

这首《借我》，各种解读都有，然而我却只记得，我与它初见时感受到的那份古朴、温婉和苍凉。

行将暮年，诗人不祈求春夏，只想要一个精彩的秋天，但时光不逆转，心愿不可为，所以，只能“借”，就当“我”还是个少年，没有瞻前顾后，只有磊落和鲁莽。

读罢，心境是沉重和压抑的。

2

在现代歌词中，也有不少，是用到“借”这个字的。

毛不易的《借》：借一盏午夜街头昏黄灯光……借一寸三九

天里烈烈暖阳……借一泓古老河水九曲回肠……借一段往日旋律婉转悠扬……借一抹临别黄昏悠悠斜阳……借一句刻骨铭心来日方长……借一方乐土让他容身，借他平凡一生。

这首歌要说什么？私以为，说的是他深刻浓重的“孤独”，还有“穷”。这个穷，不是指单纯没钱，而是什么都没有、无依无靠孤苦一人的穷，是灵魂无处安放。他想“借”很多东西，但没有借到，因为无物可还。

陈奕迅的《单车》：“任世间再冷酷，想起这单车，还有幸福可借。”这是一首讲父子亲情的歌，骑着单车的父亲载着自己的孩子，两个人紧紧贴着彼此，那种温暖和依恋，让人不舍得下车；至“我”长大成人，虽然单车上的拥抱已不再有，但冷酷人生里遇到冰霜雨雪，还可以凭借记忆中的温暖，生出抵抗一切的勇气。

陈奕迅的《你的背包》：“一九九五年我们在机场的车站，你借我而我不想归还。……背了六年半，我每一天陪它上班，你借我我就为你保管。……你的背包，对我沉重的审判，借了东西为什么不还？”

一个载满纪念品和患难的背包，我不想还给你，我非常珍惜和爱护它，背了六年半还崭新如故。可是啊，我怎么走得这么慢？是背负了太多过往，还是与你不断纠葛在红尘怨念中？该放下了，背包会有腐烂的一天，既然爱没有落地为安，也只能将往事留在风中。

3

私以为，好的文艺作品，是有态度的，那首诗虽名为《借我》，读出来的却是不卑不亢、不怒不嗔、不悲不喜。这一点恰好和大多数文人墨客在绝境下的自持自重不谋而合。想来它历久弥新，被如此推崇和喜爱，也许正源于此。

诗是用来做什么的？

自古以来，诗是用来唱的。比如最早的诗歌总集《诗经》就是一部歌词集。人们传唱了几千年的“赋”“比”“兴”，或阳春白雪，或下里巴人，辅以丝竹和之，琴瑟伴之，相得益彰、绕梁悦耳。

生活快节奏的今天，我们在这个世界上经历的悲欢冷暖、酸甜苦辣，都会感动在心，用心去歌唱，用歌声去表达。歌唱的内容，无非是生命、爱情、亲情、故乡、离别、重逢、游历等等，而这些也多被前人在诗歌里描写和总结。

比如，李谷一的《乡恋》vs 李白的《静夜思》，二者对于故乡的依恋和怀念之情一样精致平实；

比如，谷建芬作曲的《烛光里的妈妈》vs 孟郊的《游子吟》，母亲的慈祥、母爱的温暖，二者的呈现效果可以匹敌；

比如，北京奥运会主题歌《我和你》vs 王勃的“海内存知己，天涯若比邻”，在情感的抒发上，前者对比后者毫不逊色；

比如，徐志摩的《再别康桥》vs 罗大佑的《追梦人》，一样表达了红尘俗世情爱在现实中的无奈和千帆过尽之后的悲凉。

4

“言为心声”是一贯有之的说法，我们的所思所想，所感所悟，都化作平时一点一滴的言谈举止。

而“诗以言志，歌以咏怀”，诗能表达自己的志向和决心，歌也可以抒发自己的情感。

毕业告别宴上你唱着“最亲爱的朋友，祝你一路顺风”，我吟出“一看肠一断，好去莫回头”；

知己老友渐行渐远，你唱着“来年陌生的，是昨日最亲的某某”，我吟出“如今俱是异乡人，相见更无因”；

异地恋的恋人来到你的城市，满心欢喜许久未见的你们唱着“你会挽着我的衣袖，我会把手揣进裤兜”，我吟出“幸得识卿桃花面，从此阡陌多暖春”；

恋情告吹，你撕心裂肺地唱着“你到底爱不爱我，爱不爱我”，我吟出“等闲变却故人心，却道故人心易变”；

问候千里之外的父母，你唱着“亲爱的爸爸妈妈，你们好吗？”，我吟出“低徊愧人子，不敢叹风尘”。

你看，同窗情、友情、爱情、亲情，都有歌可唱、有诗可吟，这些或平实或绚丽的情感，点缀着五线谱、凭借着诗意表达出来，算不算幸事一桩？

在辽阔的世界面前，众生百态，光怪陆离，有人哭，有人笑。我想和你“诗酒趁年华”，不虚度这好年月里的旧时光；也愿我们都有仰天大笑出门去，踏歌而行千里之外的心无羁绊、身无挂碍。而这，只能是在“年少如花 ”时吧。恍惚间，我也是那个要“借”光阴的人了。

最勇敢的爱情，是“爱得起”

1

我把风情给了你 日子给了他

我把笑容给了你 宽容给了他

我把思念给了你 时间给了他

我把眼泪给了你

——王菲《不留》

王菲这首歌的开篇，就是一个女人不断地“给”。她把那些生命中相对立的事物，比如“风情”和“日子”、“笑容”和“宽容”、“思念”和“时间”等等，一一分配给“你”和“他”。

很多人猜测“你”和“他”是指两个具体的人，对此，王菲的回应是：爱谁谁，泛指。也有习惯把“音乐语言”作生活化解读的歌友，认为这是一首讲“背叛”的歌，即弃了一个，然后去爱另一个，假借爱之名，张扬肆意得毫无道德感和是非观。

不知道后面副歌的部分，会不会让这些人更新认知：

情愿什么也不留下 再也没有什么牵挂

如果我还有哀伤 让风吹散它

如果我还有快乐 也许吧

观及我自身，十年前我听这首歌，听出的是：生命中，总有些人是用来一起生活的，也总有些人，是用来相爱的，而大概率下，这两种人，很难合二为一。

十年后我再来听，发现它反反复复吟唱的，只不过三个字：爱得起。

2

如同世人所见，王菲不光行事洒脱不羁、自我率性，作为女子的她，在爱情中同样是非分明、爱恨极致。

如果爱，就深爱；如不爱，就离开。这始终是她的爱情信条。

在兜兜转转的情爱历程中，她是漂泊的，同时也是遵从己心把自己的爱情信条践行到极致的。

不得不说，这是对在浑浑噩噩中相互将就、凑合的红男绿女的一种反讽。

在王菲这里，年龄不是差距，旧爱也不是隔夜茶，每一段感情，都是全新的一段，是她向往的海阔天空。

这着实是一种“敢爱敢恨”的大女人姿态、小女人情怀。让我们欣慰羡慕的同时，唯有祝福。

据传，王菲的经纪人陈家瑛曾这样评价王菲：她是一个为爱而生，为爱而死的人。或许这个评语还可以更简短一点：王菲是一个“爱得起”的人。

何为“爱得起”？我的一切付出都是一场心甘情愿，我对此绝口不提。你若投桃报李，我会十分感激。你若无动于衷，我也不灰心丧气。

3

情窦初开少年郎，豆蔻梢头俏姑娘。总有小儿女，猝然相逢在斜桥画舫，一个在“停船借问”中试探，一个在“拟将身嫁与”中芳心暗许。

然后呢？好的结局，不外乎“嫁取个，有情郎，彼此当年少，莫负好时光”，至于不好的，也不外乎枯烂成一座等待的“望夫崖”。

人类向来有趋利避害的本性。如果害怕受伤，是不是就不去爱了呢？是不是止步于心动，怯于行动了呢？

诗人艾青说：“这个世界，什么都古老，只有爱情，却永远年轻；这个世界，充满了诡谲，只有爱情，却永远天真。”

你看，爱情是多么美好，所以，如果爱了，不妨全部都“给出”，幻想、期待、现实、生活、心、身，统统都“不留”，不去考虑自保，不敷衍，不畏缩，轰轰烈烈、彻彻底底地，管它胜负。

浪漫和平淡、美好和狼狈、现在和未来，都“不留”，爱一次，就真真切切、气血耗尽、一丝不落。

当然，总会有那些躲躲闪闪、虚与委蛇的，今朝想着占山为王，明天思虑着全身而退，他们嘲笑我们爱得太难看。

呵，世事如棋新、人心似水凉。我们当然知道应该步步为营、浅尝辄止、真心不可用尽，我们只不过不屑于在爱情这桩美好的事物里面，去掺杂犹豫、算计和揣测。

因为，我们来这世上一遭，最大的野心之一，是做个为爱而活的人。

4

王菲是“爱得起”的人，曲曲折折的情路里，她只对自己的本心负责。公开秀恩爱，大大方方，不敷衍不退却，这是一种大美的姿态。

同样“爱得起”的，是《乱世佳人》里的斯嘉丽，她为了追求梦中的白马王子——艾希礼，用自己强大的自信和无比的热情，尽全力去争取爱情；

是《滚滚红尘》中的沈韶华，将初见章能才时紧张惶惑的小女儿态化作了那个男人遇袭时，脱口而出的“你要是死了，我也不活了”的生死追随，化作了逃命的最后关头里，她纵身跳下船，把生的机会留给他的“以命相护”；

是《红玫瑰与白玫瑰》中的王娇蕊，情事败露后，她妥善处理好自己的婚姻，不给振保带去哪怕一点点的困扰；

……

当然，这些都是书中的故事。现实中，“爱得起”的，最活生生的例子，毫无疑问是张爱玲。

她对前任胡兰成，可谓仁至义尽，即使分手，仍给他留下了30万的稿费；对后来的丈夫，为了照顾其生活，她变卖了半生的文章。

爱情可能形形色色，但我们在其中的姿态，最为可贵的是“拼将一生休，尽君一日欢”，不问明天，不看未来。

当然，如相看两厌，我自当离去，且后会无期。

5

在网易云音乐上，这首歌有一条高赞评论：总会有人消耗你的青春，换来另一个人的到来。

是的，愿我们穿越人海归来时，无人诉离殇，有你话衷肠。